Francesco de Palma

MUTIG GEGEN DEN STROM

Floribert Bwana Chui –
Märtyrer im Kampf gegen die Korruption

Francesco de Palma

MUTIG GEGEN DEN STROM

Floribert Bwana Chui – Märtyrer im Kampf gegen die Korruption

Mit einem Vorwort von Andrea Riccardi

VERLAG NEUE STADT
MÜNCHEN · ZÜRICH · WIEN

Italienische Originalausgabe:
Francesco de Palma, Il Vangelo della gratuità
Floribert Bwana Chui giovane martire africano per il XXI secolo

www.edizionisanpaolo.it

Übertragung ins Deutsche:
Claudia Kaufhold, Dr. Cornelia Welscher

»Mehr Bäume. Weniger CO_2«. Weil jeder Beitrag zählt.

MIX
Papier
FSC FSC® C083411

CPI
klimaneutral
Mehr Bäume.Weniger CO_2

2026, 1. Auflage

Umschlaggestaltung und Satz: Neue-Stadt-Grafik
Fotos: Buchrückseite und S. 125 unten: © Vatican Media
Coverfoto und alle anderen: © Sant'Egidio
Druck: CPI books GmbH, Leck

Produktsicherheit: www.neuestadt.com/de/produktsicherheit.html
Verlag Neue Stadt, Münchener Str. 2, D-85667 Oberpframmern
verlag@neuestadt.com

ISBN 978-3-7346-1361-6 www.neuestadt.com

Vorwort

von Andrea Riccardi

Floribert Bwana Chui hat in dieser konfliktreichen Zeit, in der Macht und Geld verehrt werden, viel zu sagen. Dieser 26-jährige junge Mann zeigt, dass man das Böse mit dem Guten besiegen kann, dass Schwäche kein Urteil ist und dass in der Schwäche derer, die glauben, die beten, die die Armen lieben, eine Kraft liegt.

In Floribert, in seiner Einfachheit, liegt ein heroischer Wesenszug, der in unserem resignierten Leben so oft fehlt. Aber mit seinem Zeugnis lässt er jeden von uns diese heroische Seite entdecken: Er lässt uns eine Kraft des Friedens, des Guten, der Veränderung und des Vertrauens auf Gott entdecken.

Der Prophet Jesaja sagt: „Kalb und Löwe weiden zusammen, ein kleiner Junge leitet sie." In dieser Welt müssen Kalb und Löwe, Wolf und Lamm zusammengeführt werden. Wer wird sie leiten? Ein kleiner Junge.

Heute ist dieser kleine Junge ein Jugendlicher, der 2007 in Goma getötet wurde und, wie es Kardinal Semeraro (in der Ansprache zur Feier der Seligsprechung) sagte, für die Älteren unter uns, aber auch für die Jungen zu einem Zeugen und Leader geworden ist. Ein Licht für die jungen Menschen im Kongo, in Afrika und auf der ganzen Welt.

Er wird zum Zeugen und Wegweiser für die Kongolesen und sicherlich auch für die gesamte Gemeinschaft Sant'Egidio. Er ist ein Wegweiser für ein großzügiges und starkes Leben. Der selige Floribert Bwana Chui zeigt den Resignierten, dass es Hoffnung auf eine Zukunft in Frieden gibt. Es ist dieser Friede, es ist diese Gerechtigkeit, die wir unserem geliebten Kongo und insbesondere der Region Kivu wünschen. Immer werden wir dieses Land in unserem Herzen tragen, schon allein wegen des Vermächtnisses des Seligen Floribert.

Andrea Riccardi

Aus dem Grußwort am Ende der Seligsprechungsliturgie für Floribert Bwana Chui in Basilika St. Paul vor den Mauern, Rom, 15. Juni 2025.

Inhalt

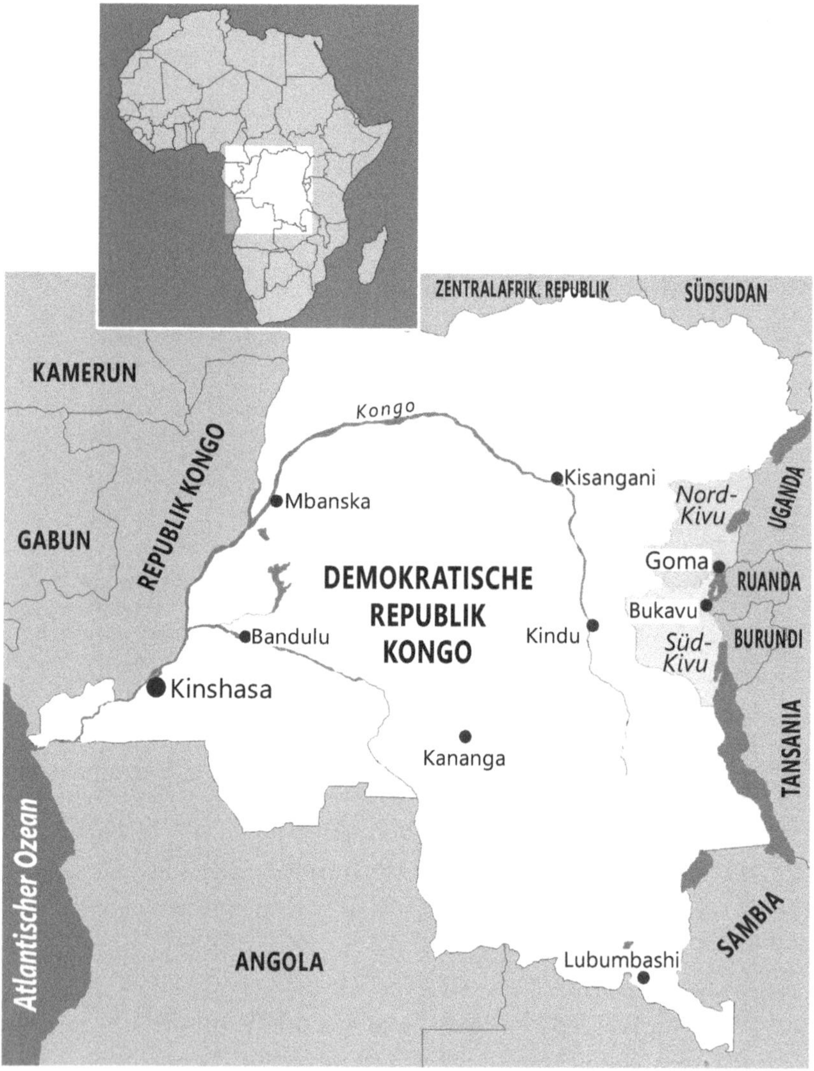

ZENTRALAFRIK. REPUBLIK
SÜDSUDAN
KAMERUN
Kongo
REPUBLIK KONGO
Kisangani
Nord-
Kivu
UGANDA
Mbanska
GABUN
Goma
DEMOKRATISCHE
REPUBLIK
KONGO
RUANDA
Bukavu
Bandulu
Kindu
Süd-
Kivu
BURUNDI
Kinshasa
Kananga
TANSANIA
Atlantischer Ozean
SAMBIA
ANGOLA
Lubumbashi

1

Eine blutige Geschichte

Floribert Bwana Chui bin Kositi wurde im Juli 2007 ermordet, nachdem er Nein zu einem Korruptionsversuch gesagt hatte. Hauptschauplatz seines Lebens war die Stadt Goma im äußersten Osten der Demokratischen Republik Kongo, an der Grenze zu Ruanda. Schon bei der Nennung dieser Orte zeigt sich einer der prägendsten Aspekte seiner Geschichte, die hier erzählt werden soll. Wie kann man ein friedliches, ehrliches und unbestechliches Leben in einem der gewalttätigsten und korruptesten Länder der Welt führen?

Sicherlich kann hier nicht die komplexe Geschichte dieser Region Afrikas analysiert werden, sie ist jedoch unbedingt mitzudenken, um Floriberts Weg zu verstehen. Den Kontext bildet das Drama der Kongokriege, aus denen sich „kleinere" Konflikte entwickelt haben, die wiederum weitreichende Folgen in Form von weit verbreiteter Gewalt und allgemeiner Verarmung hatten. Ohne Kenntnis dieser Hintergründe lässt sich die Bedeutung seines Widerstands gegen das Böse nicht erfassen.

Jedem Kongolesen steht dieses Szenario vor Augen, insbesondere denen, die in den großen Städten leben. Kinshasa, die Hauptstadt der Demokratischen Republik Kongo, hat heute über 15 Millionen Einwohner. Dort sind die Regeln für das Überleben im Chaos der Stadt wohlbekannt, die der *kinois*[1] befolgt, während der *yuma*, ein ehrlicher, aber einfältiger Mensch, sie nicht kennt. Unter diesen „Geboten" ist eines, das in Lingala, der in der Stadt gesprochenen Sprache, wie folgt lautet: *Mwana muninga mawa te* – „Junge, hab mit niemandem Mitleid."

Es ist eine brutale Botschaft, die leider allzu viele kongolesische Verhältnisse kennzeichnet. Und doch gibt es Menschen, die sich anders entschieden haben und entscheiden. Sie wehren sich dagegen, eine unmenschliche Lebensweise als normal zu akzeptieren, die von einem Überlebenskampf diktiert wird, in dem die anderen gleichgültig sind. Sie akzeptieren weder Anpassung noch Opportunismus, weder List noch Täuschung und lehnen ein Leben ab, in dem man heute Profiteur ist und morgen zum Opfer wird.

Die Demokratische Republik Kongo ist ein Land großer Widersprüche. Inmitten ihrer unzähligen Probleme gedeiht eine vielgestaltige, dynamische Zivilgesellschaft voller Erwartungen und Träume. Wenn man mit den Menschen spricht, spürt man eine große Ernsthaftigkeit: einen tief verwurzelten Charakterzug, der das Herz berührt. Es gibt etwas Großes und Starkes im geistigen Horizont wie in der konkreten

---

1 Einwohner der Stadt Kinshasa.

Lebensführung der Kongolesen, eine gewisse Hingabe und feierliche Würde, die in vielen herausragenden Lebensgeschichten zum Vorschein kommt. Dies bildet, wie wir sehen werden, auch den Hintergrund für den Weg von Floribert Bwana Chui als Mensch und als Christ, und es kennzeichnet die Erfahrung einer ganzen Nation als Gemeinschaft von Männern und Frauen, die trotz allem hoffen, Opfer bringen, sich engagieren und etwas aufbauen.[2]

Eine weitere Überlebensregel in Kinshasa lautet: *Okanisi te yo nde okobongisa Congo* – „Glaube nicht, dass ausgerechnet du den Kongo wieder in Ordnung bringen wirst". Mit dieser Regel lässt sich jegliches resignative und individualistische Verhalten legitimieren. Doch trotz einer verbreiteten Mentalität, die nichts anderes im Sinn hat als das eigene Leben zu retten und das persönliche Glück zu sichern, gab und gibt es Menschen, die auch in diesem schwierigen Umfeld die Erlösung und Rettung ihrer Mitmenschen in den Mittelpunkt stellen. Die daran glauben, das Land wirklich verändern zu können, seine Verwerfungen zu glätten und die Lebenswege seiner Bewohner zu erleichtern oder überhaupt gangbar zu machen. Vielleicht wurde der Kongo hierdurch noch nicht oder nur in Ansätzen verändert; zumindest aber wurde das Leben vieler Einzelner hiervon berührt – und zwar zum Besseren.

2 Colette Braeckman spricht von „den Helden des Alltags, die Legion sind", in: *Vers la deuxième indépendance du Congo,* Le Cri, Brüssel 2008, S. 8.

2

Eine friedlose Region

Floribert Bwana Chui wurde am 13. Juni 1981 in Goma geboren und verbrachte seine Jugend in einem Umfeld, das von großen Veränderungen, aber auch von wachsender Instabilität in dem Land geprägt war. Bis heute prägt diese allgemeine Konfliktlage die gesamte Region und durchdringt die Gesellschaft.

Das Land war und ist gezeichnet vom Krieg der Milizen. Die verschiedenen bewaffneten Bewegungen sind heterogene Gruppen, die sich großenteils aus Opfern zusammensetzen, die Geschmack an der Rache gefunden haben; aus jungen Menschen, die Aggression als Reaktion auf Angst oder Frustration über ihre Ausgrenzung ausleben; aus Kindersoldaten, die keine Ausbildung erhalten haben und deren einzige Vorbilder ältere Jungs mit einer Kalaschnikow sind.[3]

So kommt es dazu, dass Zivilisten getötet und zerstückelt, Frauen vergewaltigt und versklavt, Kinder entführt und zwangsrekrutiert werden. Die katholische Kirche, unabhängige Vereine und Organisatio-

---

3 Vgl. L. Jourdan, *Generazione Kalashnikov. Un antropologo dentro la guerra del Congo,* Laterza, Bari 2010.

nen sowie Akteure aus der Zivilgesellschaft haben die anhaltenden Menschenrechtsverletzungen in der Region der Großen Seen angeprangert. Die Gewaltakte machen in gewisser Weise das eigentliche Gefüge des kongolesischen Konflikts aus, wobei die immer wieder aufflammenden Kriege eine Art Klammer für die Episoden wechselnder Gewalt gegen die Zivilbevölkerung markieren.

Menschenleben waren und sind bis heute nur wenig wert. In den Konflikten ging und geht es vor allem um die Verwaltung der von den verschiedenen Milizen besetzten Gebiete, um Bodenschätze und die Kontrolle der Handelswege.

Der Erhalt bzw. die Eroberung der Macht waren oft verbunden mit der Ausbeutung von Rohstoffen: Diamanten, Gold, Kupfer, Zinn, Kobalt, Zink und das berühmte „Coltan", das für Mobiltelefone benötigte Columbit-Tantalit, an dem gerade Kivu sehr reich ist. Kleinere Plünderungen, die ohnehin an der Tagesordnung waren, wurden von Raubzügen über den halben Kontinent hinweg begleitet. Der Kongo war *nyama ya tembo*[4] – auf Suaheli „Elefantenfleisch" –, nach dem Motto: „Es ist genug für alle da!" Er war *un espace économique de libre-service*[5] – ein Wirtschaftsraum der Selbstbedienung, der mal von den verschiedenen gegnerischen Lagern genutzt wurde, mal von den besser

4 L. Joris, *L'heure des rebelles*, Actes Sud, Arles 2007, S. 230.

5 Vgl. den Rapport de l'*Assemblée Nationale Congolaise, Commission spéciale chargée de l'examen* dela *validité* des conventions à caractère économique et financier conclues pendant les guerres de 1996-1997 et de 1998, bekannt als *Rapport Lutundula* (von 2006, verfügbar im Internet).

strukturierten Staaten, die diese unterstützten, mal von Einzelpersonen, die sich in den Dienst größerer Interessen stellten und sich nach den Regeln einer einfallsreichen Improvisation *(débrouillardise)* persönlich bereicherten.

Neben der Gewalt gegen die Zivilbevölkerung und den institutionalisierten Plünderungen muss eine dritte Realität genannt werden: die Instrumentalisierung der ethnischen Thematik. Ethnien sind unscharf, schwer zu definieren und schwer zu fassen, vor allem in einer Grenzregion wie Nord-Kivu, die durch eine Mischung verschiedener Gruppen und eine jahrhundertealte Tradition des Zusammenlebens gekennzeichnet ist.

Nehmen wir Floribert Bwana Chui als Beispiel: Als Sohn eines Paares, dessen Vater und Mutter unterschiedlichen Ethnien angehörten, war er als Mischling zu betrachten - auch wenn er selbst sich immer nur als Kongolese bezeichnete. Er sprach wie alle anderen im Osten Suaheli, eine Mischsprache par excellence, die über alle Unterschiede hinweg von einer gemeinsamen kulturellen Basis zeugt.

Dennoch hat es gerade in der gemischten ethnischen Struktur der Bevölkerung einen hohen Stellenwert, den Anspruch auf eine Identität zu erheben, die sich auf ethnische Unterschiede stützt. Diese Entwicklung verschärft sich zunehmend. Für die politisch-militärischen Führer, in deren Händen die Steuerung der Krisen liegt, ist die Instrumentalisierung der ethnischen Thematik eine interessante und lohnende Option: Sie nährt die Überzeugung, dass „der andere" der Feind sei.

Vieles dreht sich im Kongo um das Thema der Zugehörigkeit zur Nation. Zugespitzt lautet die Frage: Sind die anderen wirklich Kongolesen wie ich? Manchmal liegt sie latent in der Luft, manchmal führt sie zum offenen Gegensatz, zu Verachtung und Hass; sie zerreißt Familienbande und jahrhundertealte Gewebe des Zusammenlebens.

Im Jahr 1994 wurde in Nord- und Süd-Kivu, Provinzen, die seit jeher von Dutzenden unterschiedlicher ethnischer Gruppen bewohnt werden, die uralte Präsenz von Gruppen ruandischer und burundischer Sprache und Kultur durch die Ankunft von Hunderttausenden von Flüchtlingen aus dem benachbarten Ruanda infrage gestellt. Das Nachbarland war Schauplatz eines der blutigsten Völkermorde des 20. Jahrhunderts. Von diesem Moment an schienen sich alle Gewichte zu verschieben. Diese Entwicklung führte zu dem, was man den „Ersten afrikanischen Weltkrieg" nennen könnte. Er brachte das Ende des Mobutu-Regimes im Kongo und den Beginn eines „neuen Kurses" mit sich, der sich mit dem Übergang der Macht auf Laurent-Désiré Kabila[6] verband.

---

6 Laurent-Désiré Kabila, geb. 1939, war von 1997 bis zu seinem Tod am 18. Januar 2001 Präsident der Demokratischen Republik Kongo. Sein Nachfolger wurde sein damals 29-jähriger Sohn Joseph Kabila (Präsident bis 2019; er lebt im Exil). Ihm werden u. a. Korruption, Hochverrat und Kriegsverbrechen und unlängst die Unterstützung der Rebellengruppe M23 vorgeworfen *(Anm. d. Übers.)*.

Das permanente Kriegsklima verstärkt ethnische Konflikte, Konfrontationen, Hass und Repressalien. Es führt zu endlosen Verwundungen und lässt besser austarierte Macht- und Lebensverhältnisse nicht zu. Da es nicht gelungen ist, einen Rahmen für ein zivilisiertes Zusammenleben zu schaffen, sind in Kivu gewissermaßen alle zu Opfern geworden, die „Gewinner“ wie die „Verlierer“: Alle haben einen sehr hohen Preis für den Konflikt um die ethnische Identität gezahlt und tun dies auch weiterhin.

Die Kirche in Goma war sich der Gefahren des Ethnizismus wohl bewusst und arbeitete mit Überzeugung und Hartnäckigkeit daran, Identitätsrivalitäten abzumildern. Sie wollte ein „gesellschaftliches Wunder“[7] ermöglichen. Faustin Ngabu, der Bischof jener Jahre (1974–2010), hatte stets gegen Feindschaft und Hass angekämpft und sich für die Aufarbeitung der Vergangenheit und für Versöhnung eingesetzt. Er wurde angefeindet und Opfer mehrerer Attentatsversuche[8], Aber er war auch ein Bezugspunkt für viele Vereinigungen, die sich für das Zusammenleben und den Frieden einsetzten. Laut Bischof Ngabu sollte der Wiederaufbau des sozialen Gefüges vor allem in der persönlichen und gemeinschaftlichen Umkehr gesucht

---

7 Vgl. J. Bossy, *L'Occidente cristiano, 1400–1700*, Einaudi, Turin 1990. Der Autor verwendet diesen Ausdruck, um auf die schwierige, aber wirksame Arbeit der Konfliktbewältigung und des Neuaufbaus von Beziehungen zwischen Gemeinschaften hinzuweisen, wie sie seinerzeit von der Kirche in der von Spaltung und Gewalt geprägten Realität des späten europäischen Mittelalters geleistet wurde.

8 Vgl. A. Riccardi, *Salz der Erde, Licht der Welt. Glaubenszeugnis und Christenverfolgung im 20. Jahrhundert*, Freiburg i. Br. 2002, S. 398-404.

werden. Ziel war es, die Schwierigkeiten bei der Annäherung an „den anderen" zu überwinden.[9] Es handelte sich hierbei um einen Vorschlag, der sicherlich pastoraler Natur war. In einer von Partikularismus und Abschottung bedrohten Provinz stellte er aber auch einen zivilen Aufruf von großer Kraft dar, der einen Weg in eine bessere gemeinsame Zukunft eröffnen konnte.

Floribert Bwana Chui nahm Anteil an den Spannungen und Hoffnungen, die damals in der Region der Großen Seen herrschten. Er teilte die Sorgen und Träume seiner Generation, die sich um Frieden, soziale Gerechtigkeit und Erneuerung bemühte. Als aufmerksamer Beobachter der Welt um ihn herum entwickelte Floribert ein starkes Verantwortungsgefühl für das Leben der anderen. Er kultivierte eine umfas-

---

9 Siehe das in *Regards Croisés* Nr. 3, Mai 2000, veröffentlichte Interview: „Während des Konflikts wurde den Menschen die absolute Notwendigkeit eines friedlichen Zusammenlebens zwischen den Gemeinschaften und zwischen den einzelnen Menschen bewusst. [...] Aber dieses Bewusstsein würde bald wieder verschwinden, wenn die Kirche nicht daran arbeitete, es zu verankern, wenn sie nicht daran arbeiten würde, den inneren Menschen aufzubauen. [...] All dies hat bei den Gläubigen ein schärferes Bewusstsein dafür geweckt, dass das, was wir anderen vorwerfen, oft auch in uns selbst zu finden ist. [...] Und so haben viele erkannt, dass das Problem nicht die ethnische Zugehörigkeit ist. Das Problem ist: ‚Was soll ich tun? Warum mache ich nicht den ersten Schritt?' Das eigentliche Hindernis liegt in mir selbst, und ich habe erkannt, dass ich bei mir selbst anfangen muss, dass ich mich bekehren muss. [...] Dies ist die pastorale Linie, die wir in der Diözese Goma immer verfolgt haben, eine pastorale Linie der Suche nach Einheit, und unser starkes Wort war der Satz des Evangeliums: ‚Sie sollen eins sein' (Joh 17,21). Nach dem Krieg von 1993 begannen die Menschen zu sagen: ‚Der Bischof hatte doch recht. Hätten wir auf das gehört, was er uns gesagt hat, hätten wir das alles vermeiden können.'"

sendere und integrative Sichtweise, die denjenigen, die am Rande der Gesellschaft lebten, den Armen und den Ausgestoßenen, Empathie entgegenbrachte. Mit Begeisterung schloss er sich einem menschlichen und spirituellen Angebot an, das damals gerade in diesem Winkel Afrikas aufkam: der Gemeinschaft Sant'Egidio. Sie sollte diesen jungen Mann tief prägen, der es verstand, Nein zur Korruption und zur Diktatur des Materialismus zu sagen und der das schnelle Geld und eine „Wirtschaft ohne Gesicht"[10] ablehnte.

10 So Papst Franziskus in *Evangelii Gaudium* 55.

3

Von Rom nach Afrika

Die Gemeinschaft Sant'Egidio, die ihren Namen einem alten Kloster im römischen Stadtteil Trastevere verdankt, wo sie ihr Zentrum hat, entstand im Februar 1968. Sie wurde nach dem Zweiten Vatikanischen Konzil auf Initiative von Andrea Riccardi gegründet. Damals machte sich eine kleine Gruppe von Gymnasiasten auf, das Evangelium zu lesen und es in die Praxis umzusetzen. Sie wollten sich bewusst in die „menschlichen und städtischen Peripherien" begeben und sich auf das „Abenteuer" der Solidarität und Freundschaft mit den Ärmsten einlassen.

Das Engagement der Gemeinschaft richtete sich zunächst an Kinder und Jugendliche, die keine Schule besuchten oder in Heimen untergebracht waren, und weitete sich dann auf kranke oder verlassene alte Menschen aus, auf Obdachlose, Einwanderer, Roma, Gefangene und viele mehr. So näherte sie sich immer mehr der Welt der Armut – nicht nur in Rom, sondern im Laufe der Zeit auch an anderen Orten, wo die Erfahrung und der Geist von Sant'Egidio entsprechend dem jeweiligen sozialen und lokalen Umfeld weitergegeben wurden und Früchte trugen. So verbreitete sich die in Rom gegründete Gemeinschaft zunächst in anderen italienischen Städten, dann auch über Italien hinaus in Europa und auf anderen Kontinenten. Sie ist insgesamt in rund siebzig Ländern aktiv. Heute gehören ihr Zehntausende von Laien in der ganzen Welt an. Die Lebenswirklichkeiten, aus denen sich diese „öffentliche Vereinigung von Gläubigen" zusammensetzt, sind von demselben Geist und denselben Grundlagen inspiriert: Gebet, Verkündigung des Evangeliums, Hilfe für die Armen, Ökumene, Dialog.

Das Gebet ist das Herzstück des Lebens der Gemeinschaft. Überall, wo Sant'Egidio präsent ist, verabreden und versammeln sich die Mitglieder, um auf das Wort Gottes zu hören und inständig um Frieden, Heilung und Erlösung zu bitten. Es geht ihnen um ein Innehalten, das die Räume des Mitgefühls für die Armen ausdehnt und das Verständnis für den eigenen, persönlichen Weg genauso weitet wie für den gemeinsamen.

Von Beginn an sind die Armen ein zentrales Thema. Schon bei der ersten Begegnung mit ihrer Welt, in einem Rom, das sich sehr von dem heutigen unterschied, in den Elendsvierteln, die es in den 1960er- und 1970er-Jahren in der italienischen Hauptstadt gab, versuchte die entstehende Gemeinschaft, ein Band zu knüpfen und Brücken zu bauen. Das gesellschaftliche Leben war geprägt von den Widersprüchen eines Bruchs zwischen dem Leben in der wohlhabenden Stadt und dem in den marginalisierten Randgebieten. Auf die gleiche Art und Weise und mit der gleichen Gewissenhaftigkeit und Großzügigkeit wurde dieses Engagement nach und nach in Hunderten von Städten und Dörfern in aller Welt nachgeahmt, etwa in den „Schulen des Friedens" für Kinder aus Stadtvierteln, in denen Armut oder Gewalt vorherrschen[11], mit Haus- oder Krankenhausbesuchen bei einsamen und kranken älteren Menschen, bei den Nachmittags- oder Abendrundgängen zur Verteilung von belegten Brötchen oder Decken an diejenigen, die auf der Straße leben, bei der Begleitung in zahllosen von Not und Vernachlässigung geprägten Lebenslagen, in Gefängnissen, in Heimen oder in problematischen Familienverhältnissen. Ein Bild, das gleich einer Ikone den Geist aller Dienste von Sant'Egidio zusammenfasst, ist das Weihnachtsmahl, bei dem sich alle, ob arm oder reich, zum Fest versammeln.

Die Gemeinschaft lebt mit den Armen ein Bündnis, das die Distanz zwischen Besitzenden und Besitzlosen, zwischen Gesunden und Kranken sowie zwischen Nord und Süd überwindet. Seit den 1980er-Jahren ist die Geschichte von Sant'Egidio eng mit den

---

11 Die „Schulen des Friedens" gehören zu den wichtigsten Diensten, die Sant'Egidio für Minderjährige in schwierigen Lebenslagen anbietet. Es handelt sich um Zentren, die Kinder oder Jugendliche gänzlich kostenlos bei der Integration und auf dem Weg zu schulischem Erfolg unterstützen. Zugleich unterstützen sie die Familie oder – im Falle von Waisenkindern – die entsprechende Einrichtung bei ihrer erzieherischen Aufgabe. Sie helfen den Kindern, zu wachsen, offen für andere zu sein und in Solidarität mit den besonders Benachteiligten jegliche Barriere und Diskriminierung zu überwinden. Es handelt sich um Schulen oder Nachhilfeschulen, aber auch um Schulen des Friedens, des Zusammenlebens und des Respekts anderen gegenüber. Jedes Jahr besuchen weltweit mehr als 30.000 Kinder und Jugendliche regelmäßig die Friedensschulen der Gemeinschaft Sant'Egidio.

großen Peripherien des Planeten verwoben – zum einen durch ihre Friedensbemühungen in zahlreichen Konfliktsituationen, zum anderen durch verschiedene humanitäre Interventionen und Programme in der Entwicklungszusammenarbeit. Ein weiterer wichtiger Aspekt ist die Präsenz afrikanischer, lateinamerikanischer und asiatischer Gemeinschaften direkt vor Ort.

Die Beziehungen zu Mosambik sind dabei von besonderer Bedeutung. Im Rahmen ihrer Kontakte zu diesem Land befasste sich die Gemeinschaft mit dem Guerillakrieg, den die *Resistencia Nacional de Moçambique* (Renamo) gegen die Regierung der *Frente de Liberaçao de Moçambique* (Frelimo) führte, und bot sich als Vermittlerin für Friedensverhandlungen an. Die Gespräche begannen am Sitz der Gemeinschaft in Rom, dauerten zwei Jahre und führten zu einem positiven Ergebnis: Sie beendeten einen Krieg, der eine Million Menschenleben gefordert hatte. In Rom wurde am 4. Oktober 1992 ein „Allgemeines Friedensabkommen" unterzeichnet.

Der Erfolg von 1992 ist bedeutsam für die Geschichte von Sant'Egidio. Die Überwindung von Schwierigkeiten, die bis dahin unüberwindbar schienen, setzte einen neuen Maßstab für das Machbare. Der Frieden in Mosambik wurde zum Zeichen dafür, dass eine „Auferstehung Afrikas" aus dem Grab von Krieg und Armut möglich ist. Diese Erkenntnis führte zur Ablehnung und Befreiung von Resignation. Viele Afrikaner schöpften neues Vertrauen und Hoffnung – bestärkt in ihrem tiefen Wunsch nach Frieden und nach dem Guten, im Bewusstsein ihrer eigenen Kräfte und Potenziale.[12]

In den 1980er- und 1990er-Jahren schlug Sant'Egidio mit dem Entstehen neuer Gemeinschaften in einer wachsenden Zahl afrikanischer Länder Wurzeln. Auf die Anfänge in Mosambik wurde bereits hingewiesen; von dort aus breitete sich die Gemeinschaft auf das benachbarte Malawi aus. Zur gleichen Zeit wurden die Samen von Sant'Egidio im frankophonen Westafrika ausgesät, so in der Republik Guinea und in der Elfenbeinküste. Um die Jahrtausendwende kamen Ruanda und die Demokratische Republik Kongo[13] hinzu. Die panafrikanischen Zusammenkünfte 1999 in Zomba (Malawi) und 2001 in Yamoussoukro (Elfenbeinküste) sowie in Nairobi (Kenia) waren Ausdruck eines neuen Profils von Sant'Egidio.

Heute ist die Gemeinschaft, um einen Ausdruck von Martin Buber zu verwenden, eine „Gemeinschaft des Volkes". Papst Franziskus sprach bei einem Be-

12 Nach 1992 gab es viele weitere Kriegs- und Konfliktszenarien, bei denen die Gemeinschaft Sant'Egidio gebeten wurde, einzugreifen und einen Raum für Vermittlung und Dialog anzubieten: von Algerien bis Burundi, von der Casamance im Süden Senegals bis Zentralafrika, von Guatemala bis zum Kosovo. Vgl. R. Morozzo della Rocca, *Fare Pace, la diplomazia di Sant'Egidio*, San Paolo 2018.

13 1997, beim Weltjugendtag in Paris, war Andrea Riccardi eingeladen worden, auf dem Jugendforum zu sprechen, einer Zusammenkunft von mehreren hundert Vertreterinnen und Vertretern christlicher Gemeinschaften aus der ganzen Welt. Am Ende seiner Rede kam eine kleine Gruppe von Universitätsstudenten aus Butare/Ruanda zum Stand der Gemeinschaft, um mehr zu erfahren. Sie versprachen, den Traum von Sant'Egidio auch in der zerrissenen Realität Ruandas zu verwirklichen. Bereits im September 1997 wurde die erste Gemeinschaft in der Region der Großen Seen gegründet.

such in der Basilika Santa Maria in Trastevere, die zusammen mit der kleinen Kirche Sant'Egidio das Herz und Zentrum der Gemeinschaft bildet, von einer Realität der „drei P": „Geht auf diesem Weg weiter: *preghiera* (Gebet), *poveri* (die Armen) und *pace* (Frieden). Indem ihr diesen Weg geht, tragt ihr dazu bei, dass das Mitgefühl im Herzen der Gesellschaft wächst - die wahre Revolution ist die des Mitgefühls und der Zärtlichkeit - und dass die Freundschaft wächst anstelle der Gespenster der Feindschaft und der Gleichgültigkeit."[14]

Auch in Afrika richten die Mitglieder der Gemeinschaft ihren Blick auf diejenigen, die mehr als sie unter den Schwierigkeiten des Lebens leiden, obwohl sie selbst oft kein einfaches Leben führen. Ein geflügeltes Wort bei Sant'Egidio bringt wie ein Lebensmotto jenen Geist auf den Punkt, der aus dem Kerker des Opferdaseins und der Resignation befreit:

„Niemand ist so arm,
dass er nicht einem Armen helfen könnte."

Hierin liegt ein radikaler Einspruch gegen die gängige Mentalität wie auch gegen manche religiösen oder quasireligiösen Angebote, die sich von einer Art „Evangelium des Wohlstands" leiten lassen, wie es Philip Jenkins treffend genannt hat. Doch Sant'Egidio hat verstanden, welch transformative Kraft auch in Afrika von einem echten gelebten Evangelium ausge-

14 Ansprache vom 15. Juni 2014.

hen kann. Sie entspringt einem Verständnis von Engagement, das Würde und Erlösung für sich selbst und für andere bedeutet.

Das Evangelium setzt alles in Bewegung und führt zum Dienst am Nächsten, insbesondere an den Ärmsten. Es ist die „Frohe Botschaft" derer, die sich zu Dienenden machen, wie Jesus lehrt. All dies lässt in einem manches Mal unmenschlichen und gewalttätigen Umfeld die Barmherzigkeit wachsen. Durch ihr Engagement heilen die afrikanischen Gemeinschaften manche Wunden des Kontinents oder lindern sie zumindest; sie schaffen eine Realität, die der Härte des Lebens trotzt, sie werden zu Vorboten einer offeneren und menschlicheren Zukunft.

Die Arbeit von Sant'Egidio drückt die Überzeugung aus, dass sich alles ändern kann. Sie will den Anbruch einer besseren Zeit forcieren. Johannes Paul II. sprach, damals schon in hohem Alter, Worte der Hoffnung aus, die die Gemeinschaft in ihrem Herzen bewahrt hat: Alles könne sich ändern, das aber „hängt von jedem Einzelnen von uns ab. Jeder kann in sich selbst sein Potenzial an Glauben, Redlichkeit, gegenseitigem Respekt und an Hingabe im Dienst an den anderen entfalten"[15]. Durch das Knüpfen von Netzwerken und zwischenmenschlichen Beziehungen, die von den Dörfern bis in die Vororte der Großstädte reichen, stellen die Gemeinschaften von Sant'Egidio in Afrika eine echte Alternative zu einem System wachsender Ungleichheit und Orientierungs-

15 Ansprache vom 13. Januar 2003.

losigkeit dar, in das vor allem die jüngeren Generationen hineingeraten sind.

Das Engagement gegen die Armut ist jedoch nicht das einzige Anliegen der Gemeinschaft. Eine weitere Herausforderung darf nicht unterschätzt werden. In den letzten Jahrzehnten ist der Schaden offensichtlich geworden, den ein ungezügelter Neoliberalismus, die Verbreitung zunehmend individualistischer Lebensmodelle und ein regelrechter Kult des Geldes verursacht haben. Benedikt XVI. sagte bei der Einführung in die Zweite Sonderversammlung der Bischofssynode für Afrika: „Unter diesem Gesichtspunkt ist Afrika gleichsam eine riesige geistliche ‚Lunge' für eine Menschheit, die sich in einer Krise des Glaubens und der Hoffnung befindet. Aber auch diese ‚Lunge' kann erkranken."[16]

Der US-Philosoph Michael Sandel schrieb: „Wir leben in einer Zeit, in der fast alles gekauft und verkauft werden kann. [...] Ohne es zu merken [...], sind wir von einer Marktwirtschaft zu einer Marktgesellschaft geworden."[17] Dies gilt auch für den Kontinent Afrika.

Es geht hierbei nicht nur um den berechtigten Wunsch nach einer anderen Zukunft, einer Verbesserung der eigenen Lebensbedingungen und derjenigen der Familie. Es geht um etwas anderes: um das Geld,

---

16 Ansprache vom 4. Oktober 2009.

17 M. Sandel, *What Money Can't Buy. I limiti morali del mercato,* Feltrinelli, Mailand 2013, S. 13-18. Sandel fährt fort: „Die Logik des Kaufens und Verkaufens gilt nicht mehr nur für materielle Güter, sondern bestimmt [...] das Leben in seiner Gesamtheit."

das „das Denken krank macht“[18], wie Papst Franziskus treffend formulierte. Er spricht in *Evangelii Gaudium* (Nr. 55) von der „Diktatur einer Wirtschaft ohne Gesicht“, von der Reduktion des Menschen „auf nur eines seiner Bedürfnisse: den Konsum“: „Wir haben neue Götzen geschaffen. Die Anbetung des antiken goldenen Kalbs (vgl. Ex 32,1-35) hat eine neue und erbarmungslose Form gefunden im Fetischismus des Geldes und in der Diktatur einer Wirtschaft ohne Gesicht und ohne ein wirklich menschliches Ziel.“

„Für eine Welt, die für das Geld lebt“, betonte Papst Benedikt XVI., „sind Frauen und Männer, die von der Unentgeltlichkeit beseelt sind, Fremde.“[19] Papst Franziskus äußerte sich ähnlich: „Wenn die Welt in Funktion des Geldes lebt, dann wird jeder, der zeigt, dass man das Leben im Hinschenken und im Verzicht führen kann, zum Ärgernis für das System der Habgier.“[20]

Es handelt sich um Dynamiken, die heute in allen Breitengraden um sich greifen und die sich besonders heftig in Afrika manifestieren, wo innerhalb von zwei, drei Generationen der Wandel von einer traditionellen Gesellschaft und Wirtschaft zu einer Globalisierung stattgefunden hat, die alles und jeden mitreißt und verändert .

In einer Zeit, die immer mehr vom Geld beherrscht wird und in der die menschlichen Beziehungen dem Nützlichkeitsdenken unterworfen sind, entstehen harte, unmenschliche Modelle des Lebens und Zu-

---

18 Predigt vom 20. September 2013.
19 Ansprache bei Sant'Egidio, 7. Mai 2009.
20 Generalaudienz vom 29. April 2020.

sammenlebens. Der afrikanische Kontinent, der eigentlich Hoffnung und Zukunft verkörpern könnte – ein Bild einer gesünderen und weniger korrupten Menschheit –, sieht viele seiner jungen Menschen in den Bann eines trügerischen Mythos gezogen: des Business, der zeitgenössischen Variante der Knechtschaft des Mammons (vgl. Mt 6,24; Lk 16,13). Andrea Riccardi hat den schier unwiderstehlichen Sog dieser kollektiven Vorstellung als „Diktatur des Materialismus" definiert:

„In unseren Gesellschaften gibt es eine wahre Diktatur des Materialismus: die des Geldes, der krampfhaften Suche nach neuen Profitmöglichkeiten. [...] Fast ohne dass wir uns dessen bewusst sind, wird eine neue Art von Diktatur, die überzeugend daherkommt und zugleich unerbittlich ist, auch über uns, über unser Leben errichtet. Sie besagt, dass allein das Geld zähle, dass alles andere bedeutungslos sei. Sie besagt, dass man keine Gelegenheit auslassen dürfe. Dass man keine Zeit mit Gefühlen verschwenden solle, dass es keinen Raum für das Schenken, das Unentgeltliche gebe und dass alles entweder gekauft oder verkauft werden müsse."[21]

Was ist die Antwort auf diesen kulturellen Tsunami, der plötzlich und gewaltsam über uns hereinbricht und das Profil des afrikanischen Menschen verändert? Wie kann man dem Kontinent helfen, nicht einer merkantilen Logik zum Opfer zu fallen, die Her-

21 Andrea Riccardi, Rede an die Mitglieder der Gemeinschaft Sant'Egidio in der Karwoche 2008.

zen und Köpfe prägt und die Träume der neuen Generationen gestaltet?

Die Kräfte, die hier wirken, sind enorm. Männer und Frauen sind oft dem Mythos des Geldes unterworfen. Wer hingegen den Glauben in den Mittelpunkt seines Lebens stellt, ist frei, solidarisch und fähig, großzügig und ohne Erwartung einer Gegenleistung zu leben. Genau das hat Floribert in seiner Treue zum Evangelium getan.

4

Die Geschichte verändern

Floribert Bwana Chui bin Kositi, das erste von elf Geschwisterkindern und Halbgeschwistern[22] - sieben Jungen und vier Mädchen - wuchs in einem familiären Umfeld auf, das man in Kivu als wohlhabend bezeichnen konnte. Beide Eltern hatten gute Arbeitsstellen. Der Vater, Deogratias Kositi Bazambala, war Bankangestellter, die Mutter, Gértrude Kamara, Grenzpolizistin.

Obwohl sich die Eltern schließlich trennten - mit vier Jahren zog Floribert zu seinem Vater, wobei er eine starke Bindung zu seiner Mutter aufrechterhielt - fehlte es dem Kind und später dem jungen Mann nicht an Zuneigung und Unterstützung. Dank Deogratias Kositi, der seine Wissbegier, Intelligenz und Aufmerksamkeit schätzte, schloss Floribert seine Grund-, Mittel- und Oberschulausbildung ab: die *École Communautaire du Lac* in Goma, das *Collège Alfajiri* in Bukavu (ein renommiertes Gymnasium der Jesuiten), das *Institut Sangara*, kaufmännisch-administrativer Zweig, eben-

22 Von ihnen waren drei Brüder Söhne desselben Vaters und derselben Mutter: Floribert, Jean-Chrysostome und Trésor.

falls in Goma. Er besuchte anschließend die Universität und trat mit ausgezeichneten Zukunftsaussichten ins Erwachsenenleben ein: Mit seinem Abschluss gehörte Floribert zur künftigen Elite der Hauptstadt von Nord-Kivu.

Der junge Mann wusste, dass er mehr mitbekommen hatte als andere. Dieses Privileg motivierte ihn, sich nicht nur auf die eigene Zukunft zu konzentrieren. Er war ein Suchender. Bei seinem Engagement in Birere, einem Viertel östlich des Stadtzentrums an der Grenze zu Ruanda, wird dies bereits deutlich. Wie viele andere Grenzgebiete ist diese Zone geprägt von Handel und Kleinkommerz; die Menschen leben unter prekären Bedingungen von ihrem Einfallsreichtum.[23]

Ein Freund und Kommilitone von Floribert, Dominique Ruzinge, erinnert sich an ihren gemeinsamen Wunsch, „sich für die Erlösung einer Generation einzusetzen, die Opfer von Ausgrenzung und Vorurteilen ist“: „Wir haben beschlossen“, so Pierre Salumu, ein anderer junger Mann, der auch dabei war, „in Birere einen Verein zu gründen: *Les Amis Intimes* (Die engen Freunde). Der Verein wuchs auf etwa hundert Mitglieder an, organisierte Studiengruppen und bot kostenlosen Unterricht an. Außerdem gründeten wir

23 Vgl. K. Vlassenroot/K. Büscher, *Die Stadt als Grenze: Stadtentwicklung und Identitätsprozesse in Goma*, für die *Conflict Research Group*, 2009, abrufbar im Internet: „Dieses Viertel zeichnet sich [...] durch eine große Vitalität [...] aus. Der Hauptgrund liegt in der Präsenz der *petite barrière*, der fußläufigen Öffnung der Grenze, dem idealen Ort für den Handel aller Art, der für viele Kongolesen und Ruander die Haupteinnahmequelle darstellt.“

eine Theatergruppe mit jungen Leuten aus der Nachbarschaft, die Aufführungen in französischer Sprache veranstaltete. Das schien uns ein Weg zu sein, um das Image und das Leben dieses Viertels und seiner Bewohner zu verändern."

Goma war damals schon eine vergleichsweise wichtige Stadt. Die Ausbeutung des Bergbaureviers, die Möglichkeiten, die der grenzüberschreitende Handel und der Nischentourismus boten, machten sie zu einem Ort, an dem man sich ein Leben aufbauen konnte. Diese Hoffnung hegte auch Floriberts Vater, als er Ende der 1970er-Jahre in die Stadt kam, nachdem er seinen Heimatbezirk Kabambare in Maniema hatte verlassen müssen.

Floribert trug den Namen seines Großvaters väterlicherseits, der in diesem Gebiet zunächst für die Kolonialverwaltung und dann für die aufeinanderfolgenden Regierungen in Léopoldville-Kinshasa das Amt des Bezirksleiters innehatte. Dieses Amt hatte der Großvater bis 1964 inne, als die Stadt von den *Simba*[24] eingenommen und er, ein Vertreter der Staatsgewalt, von Rebellen getötet wurde. Floriberts Vater war damals erst neun Jahre alt; später benannte er sein erstes Kind nach seinem Vater.[25] *Bwana Chui* („Herr

---

24 „Löwen" auf Suaheli. So wurden die maoistisch inspirierten Rebellen genannt, die sich nach dem Tod von Patrice Lumumba unter der Führung von Pierre Mulele gegen die Regierung in Kinshasa erhoben.
25 Er sollte das später in gewisser Weise bedauern: Ihm war fast, als hätte dieser Name dazu beigetragen, dass Floribert in die Fußstapfen des Großvaters trat und ihn zu einem politischen oder parapolitischen Engagement brachte, das nur auf die gleiche tragische Weise enden konnte. Siehe das Interview mit Floriberts Vater in *Regards Croisés* Nr. 23, April 2009, *Est dela RDC: Le crime banalisé.*

Leopard" oder „Häuptling Leopard" auf Suaheli) war in der Tat eine besondere Bezeichnung: Sie wurde traditionell einem Neugeborenen gegeben, von dem man hoffte, dass es ein Jäger, ein Krieger, ein Häuptling werden würde.

Unter den jungen Leuten wurde oft über die Zukunft gesprochen. „Floribert war davon überzeugt", erinnert sich Ruzinge, „dass wir dazu geboren sind, große Dinge zu tun, die Geschichte zu beeinflussen und die Realität zu verändern." Sein ganzes kurzes Leben lang ließ sich Floribert von dem Gedanken leiten, dass es etwas gab, wozu er berufen war. Tatsache ist, dass Floribert sich nicht damit zufriedengab, ein gewöhnlicher junger Mann zu sein. Das jedenfalls sagten alle über ihn aus.

Das Organisationstalent und die Vision von Solidarität, die der junge Mann in einem marginalisierten Viertel unter Beweis stellte, wurden bereits erwähnt. Doch auch in vielen anderen Situationen stach er unter Gleichaltrigen hervor: durch seinen lebhaften Witz, seine Fähigkeit, Beziehungen aufzubauen, seinen Wunsch, sich mit zu engagieren und Verantwortung zu übernehmen. Er war extrovertiert, mitreißend und glaubte an die Kraft der Freundschaft.

Auch in der Kirche fiel er auf als überzeugter, engagierter Gläubiger. „Er war religiös, von einer ernsthaften, intensiven Religiosität", erinnert sich Gisèle Baabo, eine Freundin. Wie andere Kinder seiner Generation wurde Floribert in einem katholischen Umfeld erzogen, das sich um die Welt der Pfarrei drehte. Für ihn war das die Pfarrei von Saint-Esprit, in der er seine

Leidenschaft für den Gesang und die Musik ausleben konnte. Viele erinnern sich daran, dass seine Stimme von einer „explosiven Freude" erfüllt war. Nicht von ungefähr liebte er die Lieder von Sant'Egidio, vor allem *La résurrection pour l'Afrique* (wörtlich: Die Auferstehung für Afrika), in dem feierlich besungen wird, wie ein Aufbruch durch das unruhige Leben des Kontinents geht. Er sang es wie eine Hymne der Hoffnung und Zuversicht, voller Begeisterung stimmte er die Strophen an, die von einem Evangelium sprechen, das „das Antlitz der Erde für immer verändert" und „die Wüste (Afrikas) in einen Garten" verwandelt. Die Strophen dieses Liedes träumen von einer Zukunft, in der es „keine Kriege mehr gibt, keine Spaltungen, keine Ungerechtigkeit".

Schwester Jeanne-Cécile Nyamungu ist eine wichtige Gestalt in Floriberts Geschichte. Sie teilte mit Floribert die Anfänge der Gemeinschaft Sant'Egidio in Goma und in der Region der Großen Seen, nahm an ihren jährlichen Ostertreffen teil und begleitete einige Jugendliche. Sie berichtet, dass es in ihren Gesprächen mit Floribert oft um das Thema Frieden und Versöhnung ging. Zu Trésor, einem seiner Brüder, sagte Floribert: „Es ist unmöglich, nicht an Gott zu glauben, denn die Welt muss sich ändern, und er ist es, der sie ändert."

Der Glaube an Gott war für Floribert die Grundlage allen Engagements, jeglicher Anstrengung, aller Hoffnung. Verwurzelt im Wort Gottes – viele bezeugten seine Vertrautheit mit der Heiligen Schrift, vor allem mit den Psalmen und den Evangelien –, hatte er zu einem Glauben gefunden, für den alles möglich ist: Das Christentum war für ihn eine Religion des Heils, und Gott ein Gott, der in den schwierigsten Situationen einzugreifen vermag, um sie zu wenden.

Als Floribert der Gemeinschaft Sant'Egidio begegnete und dabei das erste ihrer drei „P", das Gebet (*preghiera*), kennenlernte, zog ihn eine Predigt besonders an: Sie war gut verständlich und tiefgründig zugleich; da wurde das Evangelium nicht als „Lehre" präsentiert, sondern als etwas, das sich leben und in die Praxis umsetzen lässt. Ein Kommilitone von der Universität, Arsène Kiriza, ein Muslim, der sich stundenlang mit ihm über Religion unterhielt, erinnert sich: „Er sagte mir über das Christentum, es sei ‚Wort des Lebens, Hoffnung, Erlösung'. Genau diese Begriffe verwendete er. Dann sagte ich zu ihm: ‚Erlösung? Aber wie könnt ihr Christen von Erlösung sprechen? Wie könnt ihr das jetzt und hier in Goma tun?' Er erwiderte: ‚Das Heil besteht darin, ein bestimmtes Ziel zu erreichen. Gott begleitet uns auf dem Weg zu diesem Ziel und ist an unserer Seite, und jedes Mal, wenn wir einen Fehler machen, wenn wir fallen, dann stehen wir wieder auf. Denn Gott hält uns die Hand hin.'"

Die Zeugnisse über Floribert geben Aufschluss über das Beziehungsnetz dieses jungen Mannes. Er hatte einen extrovertierten Charakter, er war nicht gern allein. Mit seinen engsten Freunden hatte er an der Universität eine Diskussionsgruppe gegründet, die alle

Café Juridique nannten. Gisèle kommentiert: „Es war schön zu sehen, wie er mit den anderen umzugehen wusste. Wenn man mit ihm zusammen war, fühlte man sich wie in einer Familie."

Floribert war hungrig nach Wissen; er wollte verstehen und las alles Mögliche: Bücher über die Geschichte seines Landes, über große Gestalten der Vergangenheit, über die Kirche und das Christentum; er beschäftigte sich mit Politik und Wirtschaft und las Zeitschriften. Er war Abonnent von *Jeune Afrique* (Junges Afrika), sammelte Ausgaben von *Le lien* (Der Link), der Zeitschrift von Sant'Egidio, die über das Leben der Gemeinschaft und der Kirche berichtete, und vieles mehr.

Als der junge Mann einige Monate vor seinem Tod aus Kinshasa nach Goma zurückkehrte und es keine Möglichkeit gab, alles einzupacken, nahm er nur seine Bücher mit - nicht jedoch seine Kleidung. Durch die Lektüre wurde Floribert in dem Gedanken bestärkt, dass es möglich ist, die Welt zu verändern. Wenn andere Geschichte geschrieben hatten - warum sollte man es nicht auch heute versuchen?

Damals befand sich der Kongo in einer Phase lebendigen Engagements, voller Aufbrüche und Träume. Man war überzeugt, dass sich vieles von dem, was in dem Land aus dem Lot geraten war, wieder ordnen ließe. Die Geschichte setzte neu an, und die Zukunft konnte in die Hände einer jungen Generation gelegt werden, die ehrlich, unbescholten und bereit war, Verantwortung für das Gemeinwohl zu übernehmen. Auch die kongolesische Kirche rief in jenen Jahren ihre Gläubigen zu einem starken sozialen Engagement auf. In einem Text zum 50. Jahrestag der Unabhängigkeit des Landes schrieben die Bischöfe:

„Wir prangern alle Formen von Religiosität und Spiritualität an, die den kongolesischen Bürger seiner Verantwortung berauben und ihn von der Mission des Aufbaus der irdischen Stadt ablenken. Im Gegenteil, wir erinnern die katholischen Gläubigen daran, dass sie als ‚Salz der Erde und Licht der Welt' die Aufgabe haben, sich aktiv an der Entstehung einer neuen Gesellschaft zu beteiligen und sich voll und ganz für die Entwicklung unseres Landes zu engagieren."[26]

Ja, es waren Jahre des Aufbruchs. Selbst in jenem von Krieg und ethnischen Konflikten geprägten Umfeld wehte ein Wind der Hoffnung. Damals hat sich Floribert an der juristischen Fakultät der Universität von Goma eingeschrieben, einer großen, lebendigen Universität, wo er in Kontakt mit der Gemeinschaft Sant'Egidio kam.

Für viele junge Menschen ist die Universität eine Welt voller Möglichkeiten und Zukunftsperspektiven, und es ist kein Zufall, dass sich die Gemeinschaft Sant'Egidio bei ihren Anfängen in der Region gerade im Umfeld junger Studierender ausbreitete. In Burundi, in Ruanda und im benachbarten Kongo blickte

---

26 Text anlässlich des 50. Jahrestags der Unabhängigkeit des Landes mit dem Titel *Notre rêve d'un Congo plus beau qu'avant* (Unser Traum von einem Kongo, der schöner ist als zuvor).

eine ganze Generation nach den schrecklichen Erfahrungen von Völkermord und ethnischen Konflikten voller Hoffnung in die Zukunft. Der universitäre Kontext, in dem sich Eliten herausbildeten, war zugleich der Ort, an dem der erste Schritt in die Politik gemacht wurde. An der *UNIGOM* entluden sich die Widersprüche und Spaltungen der Gesellschaft von Nord-Kivu, vor allem die ethnischen, und mehr als einmal wurden Studentendemonstrationen mit Waffengewalt aufgelöst.

Floribert lehnte sowohl Gewalt als auch die ethnisch-identitäre Konfrontation ab. Getrieben von dem Wunsch, zu einem Wandel im Land beizutragen, beschloss er, sich auch politisch zu engagieren - auf strikt gewaltfreie Weise. Er war weit entfernt von dem, was er, noch jung, selbst als *„propension à la tribalisation“* (Neigung zur Tribalisierung) bezeichnete, und bekräftigte, dass jeder Schritt, jede Entscheidung „unter Verzicht auf ethnische oder stammesbezogene Erwägungen“ getroffen werden sollte. So steht es in dem Interview, das am 22. Januar 2007 in der Zeitung *Le Potentiel* erschien.

Dies war ein entscheidender Punkt in Floriberts Denken. Er registrierte und erlebte leidvoll die fortschreitende ethnische Polarisierung, die Verschlechterung des zivilen Zusammenlebens in Goma und anderswo. Trésor erinnert sich: „Er sagte, dass die Menschen zu gespalten seien, dass es zu viele extremistische Äußerungen gebe. Er hingegen wollte jede identitäre und gewalttätige Logik vermeiden: Er sprach mit allen Seiten, er hoffte, diejenigen zusammenzubringen, die einander hassten. Natürlich war er sich bewusst, dass seine Bemühungen nicht sehr erfolgreich sein würden, aber er versuchte es weiter."

An der Universität zeichnete sich Floribert durch seine gesellige und aufgeschlossene Art aus. Er war darauf bedacht, Streitigkeiten zu schlichten und Auseinandersetzungen zu beenden. Carine Habimana, eine junge Frau aus der Gemeinschaft Sant'Egidio in Goma, mit der Floribert eine tiefe Freundschaft verband[27], erzählt: „Wenn man wütend war, ließ er einen nicht gehen, bis man sich beruhigt hatte. Er sagte, man müsse mit allen in Frieden leben, man dürfe keinen Groll hegen." Clémentine Abinamwisho, damals verantwortlich für den Kindergottesdienst in Sant'Egidio, fügt hinzu: „Er war ein Friedensstifter."

Floribert pflegte angesichts des zerstrittenen Umfelds die bemerkenswerte Überzeugung, dass es ausreiche, miteinander zu reden, um sich zu verstehen. Er stellte diese Überzeugung ebenso wie seine Leidenschaft für die Dialektik in den Dienst der Versöhnung. Das Gespräch mit diesem oder jenem war für ihn ein kleiner Versuch, einen großen Traum zu verwirklichen: die zerrissene gesellschaftliche Realität von Kivu zu heilen.

Einer von Floriberts Freunden erinnert sich, dass „er oft vom Frieden in Mosambik sprach, davon, dass es der Gemeinschaft gelungen war, diejenigen zu ver-

27 Nachdem er erfahren hatte, dass sie ein Waisenkind war, hatte er sie auf besondere Weise liebgewonnen und war für sie wie ein großer Bruder: „‚Kleine Schwester', nannte er mich immer. Und ich hatte wirklich das Gefühl, dass er wie ein Bruder war, mehr als ein Bruder."

söhnen, die sich jahrelang bekämpft hatten“[28]. Er war fasziniert von dem erfolgreichen Friedensschluss, der zu einem Modell wurde, das sich durch Dialog und Begegnung umsetzen ließ. Schwester Jeanne-Cécile zitiert einen sehr wirkmächtigen Satz von ihm: „Er sagte, dass die Gemeinschaft alle Völker an einen Tisch bringt.“

Floribert, der sich bereits als junger Student für Politik interessierte, glaubte fest an die wichtige Rolle der jungen Menschen für die Veränderung der Gesellschaft und den Fortschritt des Landes. Er bat John Awazi, den Vorsitzenden der *Association Estudiantine* der Universität, dieser Studentenvereinigung beitreten zu dürfen. Mit der *Estudiantine* machte er seine ersten Erfahrungen im öffentlichen Leben, er war akademisch aktiv, nahm an Initiativen und Versammlungen teil und bereiste Nord- und Süd-Kivu sowie die gesamte Region.

Bei einer dieser Reisen und Begegnungen lernte Floribert dann auch die Gemeinschaft Sant'Egidio

28 Am 4. Oktober 1992 unterzeichneten der mosambikanische Präsident und Sekretär der Frelimo, Joaquim Chissano, und der Führer der Renamo, Afonso Dhlakama, in Rom ein allgemeines Friedensabkommen, das 16 Jahre Bürgerkrieg mit einer Million Toten und über vier Millionen Flüchtlingen beendete. Die Unterzeichnung bildete den Abschluss eines langen Verhandlungsprozesses, der am Sitz der Gemeinschaft Sant'Egidio stattfand. In dem alten Kloster in Trastevere hatten Andrea Riccardi, der Gründer der Gemeinschaft, Matteo Zuppi, der heutige Kardinal und Erzbischof von Bologna, Jaime Gonçalves, der 2016 verstorbene Erzbischof von Beira, und Mario Raffaelli, der Vertreter der italienischen Regierung, mehr als zwei Jahre lang geduldig einen Dialog mit den Kriegsparteien geführt, der am 10. Juli 1990 begonnen hatte. Der damalige UN-Generalsekretär Boutros-Ghali sprach von einer „italienischen Formel“, womit er auf die „friedensstiftende Tätigkeit“ der Gemeinschaft anspielte.

kennen. Im Mai 2000 fand in Butare, Ruanda, an der wichtigsten Universität des „Landes der tausend Hügel", eine universitätsübergreifende Konferenz statt. Der junge Jurastudent nahm zusammen mit einigen Freunden an der Veranstaltung teil. Mit dabei waren u. a. Jean-Jacques Bakinahe - ebenfalls in Jura immatrikuliert -, die Medizinstudentin Jeanne-Cécile, die er bereits vor ihrem Eintritt in die *Congrégation des Soeurs de la Charité Maternelle* kennengelernt hatte, und einige andere. In Butare lernten Floribert und seine Freunde Célestin kennen, der damals Leiter von Sant'Egidio in Ruanda war, sowie Brigitte Semakuba aus Goma, die auf der anderen Seite der Grenze ein Medizinstudium absolvierte. Beide erzählten ihnen von den Grundlagen und der Geschichte der Gemeinschaft. Sie betonten die Bedeutung des Gebets und des Dienstes an den Armen und vermittelten ihnen eine Ahnung von der Faszination dieses Lebens, das für sie menschlich wie spirituell ein wahres Abenteuer war.

Zurück im Kongo, erzählten Floribert und Jean-Jacques einem anderen guten Freund aus ihrer Jugendzeit, Henri Mashagiro, davon und organisierten gemeinsam eine Konferenz, um Sant'Egidio an der Universität von Goma vorzustellen. Die Resonanz war positiv, etliche Teilnehmer zeigten sich aufgeschlossen gegenüber dem Vorschlag, eine solche Erfahrung auch in Kivu zu wagen. So wurde das Gebet der Gemeinschaft zu einem festen Bestandteil im Leben von Floribert, Jean-Jacques, Henri und Brigitte, die damals am Ende ihres Studiums stand.

Im „Gebet“ von Sant'Egidio stehen das Hören und die Erklärung des Wortes Gottes, das Singen der Psalmen und die Fürbitte im Mittelpunkt. Floribert war sehr beeindruckt von dieser direkten, konkreten Verkündigung, die eine Verbindung zwischen dem Text und dem Leben herstellte. Hier war das Evangelium im konkreten Leben und in der Geschichte präsent, wie das Zweite Vatikanische Konzil es gewünscht hatte. Freunden gegenüber, aber auch in anderen Begegnungen bekundete er, dass er erstaunt gewesen sei, wie viele Worte sein Herz berührten: „Es scheint wirklich, dass diese Worte an mich gerichtet sind“, sagte er.

Die Verbindung mit dem Wort gab ihm Kraft, Gelassenheit und eine Perspektive. Carine erinnert sich: „Es war sein Bezugspunkt, bei jeder Gelegenheit im Leben. ‚Wenn du ein Problem hast, was auch immer es sein mag‘, sagte er zu mir, ‚nimm das Evangelium und lies darin! Es wird dir Trost und Freude schenken.‘“[29]

Floribert maß Worten eine große Bedeutung bei – seinen eigenen, denen der anderen und vor allem natürlich dem Wort Gottes. Worte waren mehr als Buchstaben in einem Buch, sie sollten und können mehr sein als belangloses Gerede: Worte können Wirklichkeit werden und sich in Leben verwandeln, in „Trost und Freude“, wie er Carine sagte.

29 Floribert selbst hat das auch später in den Tagen vor seiner Entführung treu beherzigt: In den Evangelien hatte er den Trost und die Orientierung gefunden, die er gesucht hatte.

5
Herzensbildung

Am 17. Januar 2002 erschütterte ein Ereignis das Leben der Einwohner von Goma: Der Vulkan Nyiragongo, der die Stadt überragt, brach aus - mit gravierenden Folgen: Dutzende Tote, die Stadt von der Lava bis zum See in zwei Hälften geteilt, die Kathedrale zerstört, Häuser, Büros und Straßen vom Magma verschluckt - Floribert selbst verlor sein Haus in Virunga -, der Flughafen unbrauchbar … Die Stadt lag wie verwundet da, Tausende und Abertausende von Einwohnern waren nach Gisenyi/Ruanda oder in die Umgebung geflohen, sogar über den See nach Bukavu. Zahllose Kinder hatten keine Nachricht von ihren Angehörigen. Zudem schürten Plünderungen sowie das Chaos und die Langsamkeit der Hilfsmaßnahmen Wut und Ressentiments.

Die Tragödie des Vulkanausbruchs berührte Sant'Egidio sehr, im Kongo, in Rom und in aller Welt. Die Gemeinschaft wollte dem Land nahe sein, das schon mehr als genug litt und nun auch noch Opfer der Naturgewalten geworden war. Sofort wurden Container mit dem Nötigsten verschickt. Reis, andere

Lebensmittel, Matratzen, Decken und Kleidung wurden in Bukavu und Kigali erworben und nach Goma gebracht, wo Vertreter der kongolesischen und ruandischen Gemeinschaften auch die in Europa gesammelten Hilfsgüter verteilten.

Floribert war mit dabei. Er hatte kein Zuhause mehr, aber er wusste, dass es Menschen gab, denen es schlechter ging als ihm. Immer wieder begab er sich nach Kanyarushya, wo die Hilfe der großen internationalen Organisationen aus Angst vor den bewaffneten Gruppen, die die umliegenden Hügel besetzt hielten, nicht ankommen konnte. Bewusst wählte die Gemeinschaft diesen Ort für die Ausgabe von Hilfsgütern: Niemand sollte im Stich gelassen werden. Schon früh am Morgen war Floribert vor Ort, trotz der Entfernung von der neuen Bleibe, in die er hatte umziehen müssen. In jenen Tagen kamen sein Sinn für Solidarität, sein Mitgefühl und seine Tatkraft voll zum Tragen. Er reiste sogar bis nach Masisi, um den Vertriebenen mitzuteilen, dass Hilfe eingetroffen war und bald eine Verteilung vor Ort organisiert werden würde. Und tatsächlich kehrte der junge Mann mit anderen Freunden selbst dorthin zurück; sie brachten Kleidung für 600 Menschen.

Der Jurastudent hatte ein starkes Gefühl der Zugehörigkeit zur Gemeinschaft Sant'Egidio entwickelt. Er war stolz darauf, ihr Motto bekanntzumachen: „Man ist nie so arm, dass man nicht einem anderen Armen helfen kann." Seine persönliche Geschichte war für ihn wie eine Bestätigung: Erlösung und Hoffnung entstehen dort, wo man über den eigenen Zustand, die eigenen Grenzen und Interessen hinausblickt.

In diesem Abenteuer des Glaubens und der Solidarität, für das Sant'Egidio steht, hatte Floribert gefunden, wonach er lange gesucht hatte. Da gab es keine Trennung zwischen dem Glaubensleben auf der einen und der praktischen Hilfe für andere auf der anderen Seite. Er war nun Teil der Gemeinschaft, teilte ihren Weg und lebte aus diesem Geist. Es machte ihn glücklich, sich hinzugeben und zu verausgaben, getragen von einer ernsthaften religiösen Suche. Er hatte einen Weg gefunden, seinen lang gehegten Wunsch nach Frieden, Gerechtigkeit und Geschwisterlichkeit in die Tat umzusetzen.

So engagierte sich der junge Universitätsstudent treu für die Freizeit- und Unterrichtsaktivitäten der „Schule des Friedens", die von Sant'Egidio im Februar 2002 im diözesanen Waisenhaus *Baraza la watoto* eingerichtet worden war. Diese Einrichtung bot einigen der Minderjährigen Unterkunft, die durch den Vulkanausbruch von ihren Familien getrennt worden waren, und wurde auch danach weitergeführt.

Man traf sich mit allen am Samstagnachmittag, aber Clémentine Abinamwisho erinnert sich, dass Floribert auch an anderen Wochentagen vorbeikam: „Er fragte, ob alle etwas gegessen hatten, ob jemand gesundheitliche Probleme hatte. Sowohl die Waisenkinder als auch die Kinder, die vorübergehend dort waren, kannten ihn dadurch besser als die anderen, die sie besuchten."

Die ersten Monate des Jahres 2002 waren für Floribert eine wichtige Zeit. Der Verlust seines Hauses, der Schmerz der Menschen, aber auch die Erfahrung, mit der Gemeinschaft anderen helfen zu können, haben ihn nachhaltig geprägt. Er merkte, dass sich sein Herz durch Umkehr und das Hören auf das Wort Gottes verändern konnte und sollte - und dass er gerade durch eine innere Wandlung einen Beitrag zur Erneuerung des Landes leisten konnte.

Wir wissen nicht, ob Floribert die tiefen Sätze von Martin Buber kannte, die in Sant'Egidio oft zitiert werden; jedenfalls hat er entsprechend gelebt: „Es kommt einzig darauf an, bei sich zu beginnen, und in diesem Augenblick habe ich mich um nichts anderes in der Welt als um diesen Beginn zu kümmern. [...] Der archimedische Punkt, von dem aus ich an meinem Orte die Welt bewegen kann, ist die Wandlung meiner selbst."[30]

In jenen Tagen traf Francesco Tedeschi in Goma ein, ein Priester, der für die Beziehungen der Gemeinschaft von Rom zu den Menschen an den Großen Seen zuständig war. Er lud die Mitglieder der Gemeinschaft aus Nord-Kivu zu einer Versammlung am 24. Februar ein, um sich nach dem Vulkanausbruch zu treffen und auf die Karwoche vorzubereiten. Die Zusammenkunft an den Kar- und Ostertagen einen Monat später sollte eine bedeutende Neuerung mit sich bringen: Bei dem Treffen in Mbare/Ruanda

30 Martin Buber, Der Weg des Menschen nach der chassidischen Lehre, Gerlingen [12]1996, S. 37.

trafen sich die verschiedenen Gemeinschaften von Sant'Egidio aus der Region erstmals gemeinsam – acht Jahre nach dem Völkermord und nachdem die beiden Aufstände tiefe Gräben des Misstrauens und der Feindschaft zwischen den verschiedenen Bevölkerungsgruppen erzeugt hatten. Tatsächlich wurde dieses Ostertreffen zu einem tiefen Moment der Geschwisterlichkeit: Versammelt um den einen Herrn Jesus Christus, dessen Tod und Auferstehung „die trennende Wand der Feindschaft" (Eph 2,14) niedergerissen hat, welche die Völker entzweit, war nichts zu spüren von jenem vergifteten Klima ethnischer Auseinandersetzungen.

In seinem Notizbuch hielt Tedeschi die Ansprache Floriberts vor den Anwesenden fest: „Ich wollte zwei Dinge sagen, die mir wichtig sind: etwas über den Wert des Gebets und über den Wert der Osterversammlung, die wir gerade erleben. Für mich ist das Gebet von grundlegender Bedeutung: Ich glaube an den Ewigen, und ich glaube, dass er mir im Gebet gewähren wird, worum ich ihn bitte. Aber wenn man näher hinschaut, scheinen die jüngsten Ereignisse dem zu widersprechen, was ich gerade gesagt habe. Ich habe alles verloren. War ich ungerecht? Warum hat Gott mein Gebet nicht erhört? Warum hat er mein Leben nicht beschützt? Aber ich denke auch, dass Gott keine Maschine ist, die meine Bitten erfüllt. Vielmehr merke ich, dass das Gebet mir hilft, zu verstehen, was passiert, und mich an meine Zerbrechlichkeit erinnert, daran, dass ich nur ein Mensch bin, ein Mensch, der immer Hilfe braucht."

Floribert hatte das Vertrauen tief verinnerlicht, dass Gott, wie es das Evangelium lehrt, unser Gebet erhört. Dieser Glaube war durch Schwierigkeiten und Schmerzen geprüft worden. Aber der junge Mann war nicht einem düsteren Pessimismus verfallen. Er wusste: Gott hört nie auf, denen zu helfen, die sich in ihrer Schwachheit an ihn wenden.

Gerade der zweite Punkt in Floriberts Rede zeigte auf, wovon die Hilfe des Herrn ausgeht: von der gemeinsamen Feier des Osterfests, das Gläubige aus verschiedenen Völkern und ethnischen Gruppen zusammenführt. Ostern ist nach christlicher Tradition ein zentraler Moment des Gemeinschaftslebens, der in der Liturgie und im aufmerksamen Hören auf das Wort gelebt wird. So fuhr Floribert fort: „Was Ostern betrifft, so möchte ich einen Wunsch äußern: dass die Versammlung von Mbare der Welt zeigt, dass wir zusammenleben können, dass es eine Auferstehung gibt! In einer Zeit, in der Ethnizismus und Regionalismus sich ausbreiten und wachsen, brauchen wir einen Horizont der Nähe und der Begegnung!"

Die Veranstaltung von Mbare war ein gewagtes Unternehmen. Für viele Kongolesen war es damals etwas Ungewöhnliches, wenn nicht gar ein Skandal, sich nach Ruanda zu begeben. Aber Floribert dachte anders. Er sah in den Worten des Paulus an die Kolosser *den* Weg zur Rettung einer zerrütteten Menschheit: „Da gibt es dann nicht mehr Griechen und Juden, Beschnittene und Unbeschnittene, Barbaren, Skythen, Sklaven, Freie, sondern Christus ist alles und in allen“ (Kol 3,11). Deshalb berührten ihn die abschließenden Worte der Liturgie jenes Osterfestes: „Der Herr bereitet eine neue Welt vor, in der es keinen Krieg mehr geben wird, in der der Hass ausgerottet ist, in der die Gewalt nicht mehr wie ein Dieb in der Nacht erscheint, [...] in der die Kinder in Frieden aufwachsen werden. [...] Ja, das ist ein großer Traum. Lasst uns also nicht für etwas leben, das sich nicht lohnt. Lasst uns lieber für diesen großen Traum leben!“

In diesen Tagen der Versammlung blühte Floribert geradezu auf: Voller Freude und mit großem Engagement war er präsent; seine Freundlichkeit, sein Wunsch und seine Fähigkeit, mit allen in Kontakt zu treten, seine Leidenschaft für den Dialog machten ihn zu einem wichtigen Bezugspunkt in den Gesprächsrunden, die sich abends nach dem Essen oder in den Pausen zwischen den Versammlungen bzw. den liturgischen Momenten bildeten. Gleichzeitig ließ er sich bei jeder Gelegenheit zum gemeinsamen Singen und Tanzen hinreißen. Ein Video aus jenen Tagen, das heute in der Gedenkstätte der neuen Märtyrer in Rom, in der Basilika *San Bartolomeo,* zu sehen ist, zeigt ihn voller Begeisterung, während er *La résurrection pour l'Afrique* singt. In den folgenden Jahren kehrte er gerne zu Ostertreffen nach Ruanda zurück, die 2003 in Mbare und 2004 und 2005 in Butare stattfanden.

6

Die Armen als Freunde

Floribert engagierte sich mit Sant'Egidio in den Friedensschulen - nicht nur in *Baraza la watoto,* sondern auch im Armenviertel Mabanga - sowie beim traditionellen Weihnachtsmahl. Seit 2004 werden in Goma Weihnachtsessen organisiert. Zusammen mit Clémentine, Jean-Jacques, Corneille Semakuba, Brigittes Bruder, und anderen machte sich der junge Mann daran, Einladungen auszusprechen und die Lebensmittel - Reis, Hühnchen usw. - für diese Zusammenkunft zu besorgen. Sie setzten alles daran, dass es ein Fest in einer Atmosphäre von Freundschaft und Freude würde. Die Armen sollten sich wie in einer Familie fühlen an diesem Tag, an dem wir uns an die Geburt Jesu erinnern.

Ein erstes Weihnachtsessen dieser Art fand 1982 in Rom in der Basilika Santa Maria in Trastevere mit ihren wunderschönen Mosaiken statt; inzwischen ist es in vielen Gemeinschaften von Sant'Egidio eine feste Tradition. Sie laden an diesem Tag gerade jene ein, die am einsamsten oder am stärksten ausgegrenzt sind. Die familiäre Atmosphäre prägt dieses Mahl, das in den schönsten Sälen der verschiedenen Orte oder auch in Kirchen stattfindet. Papst Benedikt XVI. kommentierte, als er persönlich an einem solchen Mittagessen für die Armen teilnahm: „Hier unterscheidet man nicht zwischen denen, die dienen, und denen, die bedient werden!"

Floribert verstand sehr gut, wie wichtig die Arbeit von Sant'Egidio für die Kinder von Goma war. Wenn die Gemeinschaft eine Familie ist, sind die Kinder wie Söhne und Töchter: geliebte Kinder, denen man Wissen und Erfahrung weitergibt, denen man eine bessere Zukunft ermöglichen möchte. Eine wertvolle Aufgabe, zumal die Demokratische Republik Kongo im Bereich der Bildung und der Erziehung zu Frieden und Interkulturalität mit enormen Defiziten und Problemen zu kämpfen hatte. Der junge Universitätsstudent, der selbst öffentliche Schulen besucht hatte, kannte die Situation aus eigener Erfahrung und wusste, wie sehr eine kostenlose und liebevoll-begleitende Unterstützung „den Unterschied machen konnte". Im Dienst von Sant'Egidio für Kinder in Schwierigkeiten sah er ein prophetisches Zeichen: Hier standen die Kleinen, die in Kivu allzu oft an den Rand gedrängt waren, im Mittelpunkt. Ähnlich ist es in vielen afrikanischen Ländern, und nicht nur dort: Die „Schulen des Friedens", die die Gemeinschaft Sant'Egidio in vielen Ländern fördert, wollen eine Antwort auf die Marginalisierung der Kinder sein.

So kam Floribert auf die Idee, dass auch den Straßenkindern – den *Maibobo,* wie sie in der Region der Großen Seen genannt werden – auf die gleiche Weise geholfen werden könnte. Er war sehr betroffen vom harten Leben dieser Kinder, die sich noch verzweifelter durchschlagen mussten als die Erwachsenen. Er sah, wie sie bettelten und stahlen; in ihrer kleinen, oft auch gewalttätigen Gruppe fühlten sie sich stark.

Für Ostern 2004 hatte Andrea Riccardi den Gemeinschaften von Sant'Egidio weltweit eine tiefgehende Reflexion über den Sinn der Karwoche vorgeschlagen. Floribert hörte diese Worte in Butare, anlässlich der dritten Osterzusammenkunft der Gemeinschaften an den Großen Seen. Die Worte brachten ihn ins Nachdenken: „Dieser Karfreitag fordert uns auf, diejenigen nicht zu vergessen, die den Herrn auf den vielen Kreuzen dieser Welt begleiten. Er fordert uns auf, uns unter ihre Kreuze zu stellen. Uns den Armen anzunähern. [...] Man lässt die Kinder auf der Straße aufwachsen, man hilft ihnen nicht, auch wenn sie schwach sind und nicht wissen, wie sie sich gegen das Leben wehren sollen. [...] Wir sehen sie, diese Kinder, in unseren ‚Schulen des Friedens'. Wir sehen sie – und wir bedauern dies – weit weg von unseren Friedensschulen. Stattdessen möchten wir allen Kindern und Jugendlichen in Not die Freude am Frieden, an einer friedlichen Zukunft schenken."

Diese Worte ließen den jungen Mann nicht mehr los. Er konnte nicht anders, als die Not der Kinder in den Straßen von Goma als Wunde zu empfinden, die auch ihn anging. Sie litten unter Verlassenheit, Gleichgültigkeit, am Fehlen elterlicher Fürsorge. Floribert überlegte, wie er sich „unter ihr Kreuz" stellen und eine Antwort auf ihre stumme, aber drängende Bitte nach Nähe und Hilfe geben könnte. Er wollte sie mit der „Schule des Friedens“ in Kontakt bringen und ihnen Schutz und Hoffnung geben, eine friedliche Gegenwart und Zukunft.

Was ihn ebenfalls bewegte, war die Beobachtung, dass diese Kinder nicht nur Opfer der Umstände waren, die sie auf die Straße getrieben hatten. Sie waren auch Opfer feindseliger Blicke und Worte. In der Art, wie die *Maibobo* behandelt wurden, erkannte Floribert im Kleinen die Logik der Ausgrenzung und der Suche nach Sündenböcken. Während in Goma Konflikte um Anführer, Armeen oder Ethnien tobten, gab es im Kleinen regelrechte Kriege, um Straßenkinder und Arme zu vertreiben.

In seiner Gemeinschaft hingegen hatte Floribert am Karfreitag 2003 gehört: „Der Mensch des Friedens ist ein Freund der Armen. Die Liebe zu den Armen ist die Antwort auf den Krieg, sie ist Friedensliebe.“ Wenn es stimmt, dass - wie man in Sant'Egidio sagt – „der Krieg der Vater aller Armut ist“, dann heilt die Nähe zu den Armen die Wunden des Krieges. Sie wird zum Widerstand gegen jeden Konflikt und lehrt, sich von der Komplizenschaft mit dem Bösen zu befreien. In Goma sagte man, die *Maibobo* seien Diebe, Gewalttätige, eine Plage, vor der man sich besser fernhalte. Floribert aber ging auf sie zu. Er begann, bei ihnen zu verweilen, eine Beziehung zu knüpfen; er wollte sie kennenlernen, ihr Leben verstehen. Sein Vater erinnert sich: „Er war einer der ersten, die sich hier in der Stadt um die Straßenkinder kümmerten. Sobald er etwas Geld hatte, setzte er es für sie ein, er ging hin und kaufte ihnen etwas zu essen. Manchmal wurde er auf dem Heimweg sogar von einigen dieser Jungen begleitet."

Die Gemeinschaft Sant'Egidio von Goma begann ihren Dienst mit Straßenkindern im Mai 2004. Es wurde vereinbart, dass donnerstags gegen 19 Uhr Gruppen abwechselnd Tee zubereiten, Brot oder Kekse kaufen und vom *Rond-point des Banques* aus zu den anderen drei oder vier Hauptplätzen der Stadt gehen würden, um die Minderjährigen zu treffen, die sich dort bei Einbruch der Dunkelheit versammelten.

Die Anfänge waren nicht leicht. Die Vorurteile gegenüber den *Maibobo* waren groß, und die Welt der Straße war hart, gewalttätig und schwer zugänglich. Das fragile Vertrauen zwischen einer kleinen Gruppe von Studierenden und den an das Straßenleben gewöhnten Banden musste Schritt für Schritt gestärkt werden. Clémentine bewahrt eine tragikomische Erinnerung an das Pfingstfest 2004: „Wir haben gesungen, getanzt, Spiele gespielt: Die Stimmung war fröhlich, alle hatten Spaß. Nun war es an der Zeit, Erfrischungen, Süßigkeiten und Fruchtsäfte zu servieren. Aber wir stellten fest, dass wir uns verkalkuliert hatten: Es gab nicht genug zu essen. Denn es waren weit mehr junge Leute gekommen, als wir eingeladen hatten, und es wurden immer noch mehr. Floribert wandte sich an mich und sagte: ‚Was wir hatten, ist bereits aufgebraucht. Es besteht die Gefahr, dass wir hier gesteinigt werden. Sollten wir nicht lieber gehen und uns einer nach dem anderen zurückziehen?' Wir versuchten, andere Lösungen zu finden, aber am Ende blieb uns nichts anderes übrig. Nach und nach gingen wir. Kurz: ein Misserfolg! So sehr, dass wir uns selbst hätten steinigen mögen!"

Clémentine fährt fort: „Einige Tage später, bei unserem Nachtreffen, sagte ich, dass wir unüberlegt gehandelt hätten, dass wir nicht alle hätten einladen sollen. Floribert war jedoch anderer Meinung. ‚Es stimmt, dass wir einen Fehler gemacht haben, aber der Fehler war nicht, dass wir zu viele eingeladen haben, sondern dass wir Angst vor ihnen hatten.' Das heißt, er sprach auch von sich selbst ... Er hatte seine Meinung geändert, weil er auf der Straße einige *Maibobo* getroffen hatte, die bei der Feier dabei gewesen waren. Sie hörten nicht auf, sich bei ihm zu bedanken. Es war wichtig, diesen Punkt zu klären, denn die Zukunft unseres Dienstes hing davon ab."

So überlegten die Freunde, wie es weitergehen sollte. Einige wollten sich auf Kinder aus bestimmten Vierteln beschränken. Floribert aber widersprach entschieden: „Bei den Straßenkindern kann man nicht von ‚Stadtvierteln' sprechen. Sie bewegen sich in der ganzen Stadt, sie kennen sich alle. Wenn einer hört, dass irgendwo Brot verteilt wird, informiert er sofort die anderen. Denn Straßenkinder sind nicht egoistisch."

Clémentine kommentiert: „Keiner von uns hatte das je bedacht. Floribert aber hatte viel von den Straßenkindern verstanden, er hatte ihre Denkweise begriffen. In gewisser Weise hatte er angefangen, wie sie zu denken. Schließlich hatte er immer den Ehrgeiz gehabt, zu begreifen, was die anderen dachten. Das galt für uns in der Gemeinschaft, aber auch für die unbekannte Welt, die er gerade zu erforschen begonnen hatte, die Welt der Straßenkinder." Er hatte ein tiefes Verständnis für dieses Umfeld, das so nah und doch so ganz anders war.

Floribert hatte sich mit Leib und Seele in den neuen Dienst gestürzt. Deshalb verstand er auch die *Maibobo*. Trésor und Dismas, die Floribert in Birere kennenlernten, erinnern sich: „Er sprach oft von den Straßenkindern. Er sagte, dass wir nicht anders seien, dass wir gleich seien, wir und sie. Und dann, dass sie sich dieses Leben nicht ausgesucht hätten, sondern dass sie durch bestimmte Umstände dazu gezwungen worden seien. Aber diese Umstände könnten sich ändern, wenn der Auferstehungskraft, die vom Evangelium ausgeht, Raum gegeben würde."

Andere Mitglieder der Gemeinschaft von Goma erklären: „Floribert sagte, dass die Gewalt der Straßenkinder eine Folge der Ablehnung durch die Gesellschaft sei. Diese Ablehnung treibe sie dazu, zu stehlen oder zu rebellieren. Deshalb, so Floribert, müssten die Gemeinschaft und die ‚Schule des Friedens' vor allem eine Atmosphäre der Offenheit schaffen. Dies könne auf ganz einfache Weise geschehen – durch Freundschaft, durch persönliche Nähe, auch ohne finanzielle oder materielle Hilfe. Denn was die *Maibobo* in erster Linie brauchten, war eine veränderte Sichtweise, eine Haltung der Integration. Sie sehnten sich nach jemandem, der sie nicht ausschloss und nicht aus der Stadt vertrieb."

Carine erinnert sich an die leidenschaftliche Entschiedenheit, mit der der junge Universitätsstudent Vorurteile bekämpfte: „Er war ganz auf die Straßenkinder konzentriert, behandelte sie mit Respekt und Zuneigung, er verteidigte sie. Eines Tages gingen wir gemeinsam spazieren, meine Brüder waren dabei, und wir begegneten einem Straßenjungen. Er begann uns nachzulaufen, zu rufen und zu belästigen, wie es manchmal vorkommt. Mein älterer Bruder verlor die Geduld; er wollte ihn anschreien und vertreiben. Doch Floribert hielt ihn zurück und sagte, diese Jugendlichen seien wie wir, Menschen wie alle anderen; man dürfe sie nicht schlecht behandeln. Er veränderte die Perspektive, aus der man die Dinge normalerweise betrachtet, er stellte die übliche Sichtweise auf den Kopf. Das hat auch in mir etwas verändert. Wenn ich anfing, die Armen zu lieben, wenn ich mich mit Straßenkindern befreundete, später auch mit alten Menschen, und wenn ich heute die Flüchtlinge in Mugunga[31] besuche, dann habe ich das ihm zu verdanken.

---

31 Mugunga war und ist leider immer wieder ein großes, überfülltes Flüchtlingslager, in dem sich Sant'Egidio mit Hilfslieferungen, einem Besuchsdienst und in den Jahren 2008/2009 auch mit dem Bau und der Verwaltung einer Schule engagiert hat, die Floribert Bwana Chui gewidmet wurde. Damals strömten nach den Razzien des CNDP (*Congrès National pour la Defense du Peuple*, eine zum Schutz der Tutsi im Kongo gegründete Rebellengruppe, Anm. d. Ü.) Zehntausende von flüchtenden Zivilisten aus ganz Nord-Kivu herbei. Mugunga fasst in gewisser Weise die schmerzhafte Geschichte vieler Konflikte in der Region zusammen. Dort hatten sich schon die Tutsi aus dem Genozid in Ruanda von 1994 hingeflüchtet, danach hatten sich die Hutu am selben Ort niedergelassen; nach und nach folgten all die vielen weiteren Menschen, die immerzu vor den verschiedenen Kriegen im Gebiet der Großen Seen flohen, bis zur Besetzung von Goma im November 2012 durch die M23 (*Mouvement du 23 mars*, eine kongolesische, von Ruanda unterstützte paramilitärische Rebellengruppe, Anm. d. Ü.) und zu den jüngsten Zusammenstößen.

Früher hatte ich Angst vor den Armen. Ich dachte, die Straßenkinder seien alle Kriminelle, die Alten alle Zauberer. Doch mit Bwana Chui ging ich zu ihnen, und das hat mich verändert. Ich verdanke ihm alles. Ich werde ihn nie vergessen. Denn er lehrte mich den Wert der Liebe und hat mir gezeigt, wie kostbar es ist, umsonst zu geben, ohne etwas zurückzuerwarten."

Diese Unentgeltlichkeit war das, was Floribert aus dem Evangelium und aus der Freundschaft mit den Armen gelernt hatte. Sie ist vielleicht das zentrale Thema dieser Seiten. Wegen seiner Entscheidung für die Unentgeltlichkeit hat Floribert Jahre später eine dunkle Prüfung erlebt. Die Wurzeln dieser Haltung lagen in dem leidenschaftlichen Dienst an den Armen, den er mit der Gemeinschaft Sant'Egidio praktizierte. Dieser Dienst lehrte ihn, das Leben anders zu betrachten, zumal in einer Welt, in der alles einen Preis hat und käuflich scheint. „Er sagte mir immer wieder, dass ich die Unentgeltlichkeit leben müsse, immer, jeden Tag", berichtet Carine noch heute. Floribert war überzeugt, dass sie „Propheten der Liebe und der Unentgeltlichkeit" in Goma sein könnten – Zeugen einer neuen Mentalität, einer neuen Lebensweise.

Bei seinem Einsatz für die Straßenkinder begegnete Floribert im April 2005 Jonathan. Dieser damals 14-Jährige war drei Jahre zuvor mit einem der Boote, die zwischen Bukavu und Goma verkehren, in die Stadt gekommen. Er hatte es, wie er später erzählte, „aus Spaß bestiegen". Doch das Boot legte ab, bevor er abspringen konnte, und so fand er sich in einer fremden Stadt wieder, ohne zu wissen, wie er zurückkehren sollte. Jonathan erzählt: „Als ich Floribert zum ersten Mal sah, hatte ich Angst. Er war gut gekleidet, jemand wie er sprach normalerweise nicht mit Straßenkindern. Doch er kam direkt auf mich zu, fast so, als ob er nach mir suchte. Ich dachte: Da stimmt was nicht! Will der mir etwas antun?! Also war ich auf der Hut. Doch er begann mit mir zu sprechen und lud mich in die ‚Schule des Friedens' ein. Ich traute ihm nicht und lehnte ab. Aber ich war beeindruckt von seiner Beharrlichkeit und total überrascht: Ich gehörte nicht zu seiner Familie, und trotzdem interessierte er sich für mich, stellte Fragen, sorgte sich. Schließlich bot er mir sogar an, mein Schulgeld zu bezahlen: Er wollte, dass ich zur Schule gehe! Unglaublich!"

Jonathan berichtet weiter: „Als ich ihn fragte, warum er das alles tue, antwortete er: ‚Weil für Gott alle gleich sind, alle haben die gleichen Rechte. So muss es zwischen den Völkern sein, so muss es zwischen den Menschen sein.' Er erklärte mir, dass die ‚Schule des Friedens' deshalb gegründet worden sei, weil jeder das Recht auf Frieden im Herzen habe. Das sei wahre Freundschaft. Er sagte, auch ich müsse lernen, ein Freund für andere zu sein. Dazu müsse ich allerdings aufhören, Leim zu schnüffeln und zu stehlen. Was ich an Floribert am meisten schätzte, war, dass ich mich besser fühlte, wenn ich mit ihm sprach. Natürlich bezahlte er auch mein Schulgeld, darüber war ich glücklich. Aber das war nicht entscheidend. Im Gegenteil – wenn er kam, durfte keiner von uns ihn um Geld bitten. Das hatten wir gemeinsam beschlossen, denn

Freunde bittet man nicht um Geld. Das Wichtigste war, dass er sich um mich kümmerte, dass er Zuneigung zeigte, Ratschläge gab und Anteil nahm."

Jonathans Zeugnis ist bedeutsam, weil es zeigt, wie sehr Floribert sich um seinen jungen Freund in allen Lebensbereichen sorgte, auch im Glauben. Auf ganz schlichte, direkte Weise verstand er es, Gott nahezubringen: „Er drängte darauf, dass ich getauft werde. Er sagte, die Taufe sei wichtig, besonders für jemanden, der auf der Straße lebt. Ich hatte nie ernsthaft darüber nachgedacht ... Aber er erklärte, dass das Leben für Straßenkinder gefährlich sei und dass es gut sei, Jesus wie einen älteren Bruder zu haben, der beschützt, und Gott wie einen Vater, der für einen sorgt. Davon überzeugte er mich."

Im folgenden Jahr, 2007, ging Floribert nach Kinshasa. „Als er zurückkehrte", so Jonathan in einem Interview 2008, „suchte er mich auf und erzählte, dass er mit Bernard, einem Freund aus der Gemeinschaft in Bukavu, gesprochen habe. Sie wollten einen Weg finden, Kinder wie mich zu ihren Familien zurückzubringen. Er fragte, ob ich nach Hause wolle. Das schien mir unmöglich; ich wusste nicht einmal, ob man mich noch erkennen würde, doch ich beschloss, ihm zu vertrauen. Wir nahmen das Boot, gingen in Bukavu von Bord und fuhren zu meinem Haus. Die Nachbarn erkannten mich, aber ich erfuhr, dass meine Mutter inzwischen gestorben war. Bernard und Floribert trösteten mich und sagten, dass die Gemeinschaft für mich wie eine Mutter sei und mir helfen würde, groß zu werden. Jetzt lebe ich in Bukavu, verdiene meinen Unterhalt und bin nicht mehr auf der Straße."

Jonathan erzählt auch, wie er von Floriberts Tod erfuhr: „Als Bernard mir sagte, dass Floribert tot sei, dass er ermordet wurde, war ich sehr traurig. Aber ich wusste, dass gute Menschen wie er von anderen nicht gemocht werden, dass sie Neid hervorrufen. Denn die Menschen sind oft schlecht. Aber er war anders, er war gut. Ich habe nie wieder jemanden wie Floribert getroffen."

7

Ein freier Mensch

Im Dezember 2005 schloss Floribert sein Jurastudium mit Bestnoten ab. Seine Dissertation trug den Titel „Internationale Abkommen zur Beilegung bewaffneter kongolesischer Konflikte". Sie war ein Ausdruck seines tiefen Strebens nach Frieden, gerade in einer Zeit, als die Übergangsphase nach den beiden Rebellionen im Kongo zu Ende ging und die Vorbereitungen für die Wahl des neuen Staatschefs liefen. Es herrschte eine aufgeladene Atmosphäre: Die Menschen hatten das Gefühl, vor einer entscheidenden Chance für das Land und für den Frieden zu stehen. Verschiedene politische Bewegungen entstanden und organisierten sich im Hinblick auf die bevorstehenden Wahlen. Floribert war nicht unbemerkt geblieben. Er war bekannt für sein Engagement und sein Interesse an sozialen Fragen. Er hatte bereits an Studentenwahlen teilgenommen und sich in Vereinigungen engagiert. Der *Rassemblement Congolais pour la Démocratie* wurde auf ihn aufmerksam und bot ihm den Posten des Jugendsekretärs der Provinz an. Floribert nahm das Angebot an.

Sein Vater war strikt dagegen, aber er wusste auch, worum es seinem Sohn dabei ging: „Er wollte, dass es Gerechtigkeit für alle gebe. Er hoffte, dass es möglich sein würde, die Dinge zu verändern, und er träumte davon, selbst derjenige zu sein, der dies erreichen würde. Er sagte zu mir: ‚Papa, ich möchte in einer Gesellschaft leben, in der es jeder schaffen kann, in der es keine Ungleichheit, keine Ungerechtigkeit gibt' - all die Ungerechtigkeiten auf der Welt empörten ihn. Ich habe ihm immer gesagt, dass das schwierig und kompliziert ist. Deshalb schlug ich ihm vor, nach seinem Abschluss weiter zu studieren, vielleicht im Ausland. Denn es ist nicht nur schwierig, Dinge zu ändern - der Versuch, sie zu ändern, ist gefährlich, zumindest hier."

Der Vater fuhr fort: „Ich war geprägt vom gewaltsamen Tod seines Großvaters. Er war aus politischen Gründen getötet worden. Ich wollte nicht, dass auch mein Sohn sich diesen Gefahren aussetzte. Aber Floribert beharrte: ‚Nein, schau, es gibt zu viel Armut, es muss etwas getan werden. Es gibt zu viele Übel, zu viele Ungerechtigkeiten. Ich muss versuchen, mich zu engagieren, auch in der Politik.' Ich habe ihm gesagt, solche Gedanken wären in Europa vielleicht akzeptabel. Aber hier, in einem Land wie dem Kongo, ist Politik nur dazu gut, sich Ärger einzuhandeln. Doch er hörte nicht auf mich, er wählte seinen eigenen Weg."

Der Widerstand seines Vaters hielt Floribert nicht von seinen Plänen ab. Sein Traum von Gerechtigkeit war stärker. Der junge Jurist entschied sich für die Politik - allerdings mit einer eigenen Perspektive, frei von den gewohnten Feindbildern und Polarisierungen. Er war überzeugt – so hatte er es bei Sant'Egidio gelernt –, dass man jenseits der Unterschiede das Verbindende suchen müsse und nicht das, was zur Spaltung und Konfrontation führt. Er war nicht im „Dagegen-Sein" gefangen. Er war ein freier Mensch.

Die übliche Logik der Politik aber engte den Raum für eigene Reflexionen ein, konditionierte das Denken und Verhalten. Alles lief auf strikte Gegnerschaft hinaus, auf Konfrontation. In einem Land voller Waffen bedeutete dies auch den Weg in gewaltsame Auseinandersetzungen. 2006 und 2007 waren Jahre der Angst in und um Goma.[32] Unsicherheit breitete sich aus, die Gewalt nahm zu. *Est de la RDC: Le crime banalisé* (Osten der Demokratischen Republik Kongo: Das banalisierte Verbrechen) lautete sehr treffend der Titel einer wenige Jahre später erschienenen Publikation des *Pole-Institute.*[33] Im Jahr 2007 kam es in Goma zu einem grau-

32 Siehe einen Artikel von Prosper Hamuli vom 20. März 2007, *Contre l'insécurité pour plus de sécurité au Nord-Kivu et en RDC. Journée de réflexion organisée par Pole Institute*, auf der Website von *Pole* (vgl. die folgende Fußnote): „In Nord-Kivu im Allgemeinen und in der Stadt Goma im Besonderen vergeht kein Tag, an dem nicht jemand angegriffen oder getötet wird. Sicherheit scheint ein seltenes Gut zu sein und geht jeden etwas an. Plötzlich ist jeder berührt und herausgefordert. Einer stirbt als Zivilist! Menschen sterben, weil sie ungeschützt sind! Die Menschen leben in Angst."

33 *Regards Croisés* Nr. 23. – Das 1997 gegründete *Pole-Institute* war zunächst ein Studienzentrum, dann eine Nichregierungsorganisation. Es ist im Rahmen der Zivilgesellschaft in Nord-Kivu sehr aktiv und hat mehrere Publikationen herausgebracht, darunter *Regards Croisés*. Sein Ziel ist es, über ethnische Grenzen hinweg ein Forum des Dialogs und des Austauschs zu sein. Was den Namen betrifft, so ist „pole" ein Suaheli-Wort, das die emotionale und „mitfühlende" Teilnahme angesichts eines Hindernisses, eines Problems, eines Verlustes bedeutet; als höfliches Wort wird „pole" häufig verwendet, um diejenigen zu trösten, die auf die Probe gestellt werden, und gleichzeitig die Hoffnung auf einen Ausweg aus der Prüfung selbst auszudrücken.

samen Anstieg der Mordrate. Der Tod von Floribert reiht sich in dieses Bild ein.

Le crime banalisé unterstreicht den Wendepunkt in Kivus Geschichte, der durch den Wahlkampf zwischen Juli 2006 und Januar 2007 - zunächst auf Präsidentenebene, später auf Provinzebene - herbeigeführt wurde. Goma war in diesen Jahren nicht mehr die verschlafene Stadt der Mobutu-Ära. Die Hauptstadt von Nord-Kivu fand sich plötzlich in einem größeren, profitorientierten System der Ausbeutung, des Handels, besonders mit Rohstoffen, und der Vermarktung von Konsumgütern wieder. Das gesamte Stadtgebiet war nicht länger eine vergessene Peripherie eines Landes, dessen Herz Hunderte Kilometer weiter südwestlich schlug, sondern ein grenzüberschreitender Knotenpunkt, um den herum alles Mögliche gekauft und verkauft wurde. In der Stadt gab es nun viel Geld - doch dies bedeutete nicht das Ende der Armut, sondern Wohlstand für wenige.

Goma galt als *city of opportunities*[34], als „Stadt der Möglichkeiten" mit den Chancen einer Grenzregion, der Geschäfte im Zusammenhang mit dem Transit von Personen und Gütern. Und dann noch der Chancen von Krieg und Frieden, auch dank der Präsenz internationaler und humanitärer Organisationen wie der MONUC[35]. All dies verschärfte die Auseinander-

---

34 So K. Vlassenroot/K. Büscher, *Die Stadt als Grenze.*

35 MONUC, *Mission de l'Organisation des Nations Unies en République Démocratique du Congo*, wurde im November 1999 im Rahmen der Abkommen zur Beendigung der zweiten Rebellion gegründet (seit 2010 in MONUSCO umbenannt) und ist die direkt von den Vereinten Nationen geführte Beobachtungs- und Friedenstruppe.

setzungen, bei denen es wesentlich auch darum ging, diejenigen, die in den Kriegsjahren aufgestiegen waren, aus den dominierenden Positionen der lokalen Wirtschaft zu verdrängen.[36]

Während dieser Zeit kam es in Floriberts Leben zu einem Wendepunkt. Ihm bot sich die Chance auf eine verantwortungsvolle Position in einem bedeutenden Bereich der staatlichen Qualitäts- und Konformitätskontrolle: in der Zollverwaltung. Zusammen mit anderen jungen Menschen aus Goma nahm er im Spätsommer 2006 an einem Praktikum teil, das vom *Office Congolais de Contrôle* (OCC; Kongolesisches Amt für Kontrolle) organisiert wurde. Damit sollte das Personal einer Dienststelle wieder verstärkt werden, die während der zweiten Rebellion, als das Land in zwei Teile gespalten war, in eine Krise geraten war. Das Praktikum bestand aus einem Kurs in Kinshasa mit einer Vorauswahl und einer Abschlussprüfung. Am Ende wurden Floribert und sein Freund Dominique eingestellt.

Das OCC ist eine öffentliche Institution, die sich mit quantitativen Kontrollen sowie mit Konformitäts- und Qualitätsprüfungen von Waren an den Grenzen des Kongo befasst. Die Hauptaufgabe des Instituts besteht darin, sich um die im Land vermarkteten Lebensmittel zu kümmern.[37] Das Auge im Logo des OCC symbolisiert die Wachsamkeit der Behörde zum Schutz der kongolesischen Bevölkerung. Dominique

36 Siehe insbesondere *Vers la deuxième indépendance du Congo*, S. 220.
37 www.occ-rdc.cd

wurde in Matadi eingesetzt, während Floribert in Kinshasa in den Büros der Generaldirektion blieb. Bereits dort hatte er sich, wie später auch in Goma, mit den *Avaries*, den verdorbenen oder abgelaufenen Lebensmitteln, zu befassen.

Kinshasa ist ein beliebtes Ziel vieler Kongolesen. Doch sein Freund erinnert sich an Floriberts Unbehagen. Er sehnte sich nach der Stadt Goma zurück, für deren Veränderung er zu arbeiten geträumt hatte. In ihm wuchs die Sehnsucht nach seiner Familie, seiner Gemeinschaft, den Menschen, denen er nahestand. „Ich war perplex", erzählt Dominique. „In Kivu herrschten Verwirrung und Gewalt. Ich riet ihm, in Kinshasa zu bleiben. Aber wenn er sich etwas in den Kopf gesetzt hatte, war es nicht leicht, ihn umzustimmen."

Man kann sich die Reaktion seines Vaters vorstellen. Er erinnert sich: „Ich hatte ihm immer gesagt, er solle mehr darüber nachdenken, dass es hier keine Sicherheit gibt, dass es ein Glück ist, in Kinshasa zu sein, dass die Chancen in einer Hauptstadt immer größer sind als in der Provinz. Aber nichts konnte ihn überzeugen! Und als er nach Hause kam, nachdem ich ihm von den Morden, dem Chaos usw. erzählt hatte, sagte er mir erneut: ‚Ich habe mich in Kinshasa nicht wohl gefühlt, wirklich. Ich konnte dort nicht bleiben. Ich muss fortführen, was ich begonnen habe. Mal sehen, ob wir die Dinge ein wenig ändern können.'"

Floribert beantragte seine Versetzung in das OCC-Büro in Goma und kehrte nach Kivu zurück. Angst hatte er nicht.

8
Die Diktatur des schnellen Geldes

Als Floribert im April 2007 nach mehrmonatiger Abwesenheit nach Goma zurückkehrte, war er froh, wieder Fuß zu fassen. Er wohnte bei einem Freund. Seinem Vater, der seine Rückkehr nach Hause erwartet hatte, erklärte er: „Es ist hier bequemer für mich. Ich verliere sonst zu viel Zeit auf dem Weg; ich möchte mich doch so vielen Aufgaben widmen."

In Goma fing er nicht bei Null an. Weil Treue für ihn ein hoher Wert war, nahm er Kontakt zu Jonathan auf und schaffte es, ihn – wie berichtet – zurück nach Hause zu bringen und sein Leben auf der Straße zu beenden. In jener Zeit nahm er auch an der Osterkonferenz von Sant'Egidio teil. Sie fand zum zweiten Mal in Folge in Bukavu statt und versammelte die Gemeinschaften des Ostkongo, die an Zahl und Engagement gewachsen waren. Es war sein letztes Osterfest. Floribert ließ sich berichten, was im zurückliegenden Jahr geschehen war, besprach den Dienst an den Armen mit den Brüdern und Schwestern der Gemeinschaft und wollte Pfarrer Francesco Tedeschi aus Rom von den jüngsten Entwicklungen erzählen.

Die Arbeit im OCC nahm viel Zeit in Anspruch. Floribert spürte, welch große Verantwortung mit seiner Aufgabe verbunden war. Er wusste, dass die Gesundheit vieler Menschen auch in seinen Händen lag. Am Sitz des Instituts, einem Gebäude im Stadtteil *Les Volcans*, war er Leiter der Vollzugsbehörde. Er hatte die Aufgabe einzugreifen, wenn Lebensmittel, die aus Ruanda über die beiden Zollbarrieren in den Kongo gelangten, nicht den Anforderungen für den Verzehr entsprachen.

Bei jeder Ladung von Lebensmitteln, die ins Land kam, ließ das OCC die Fahrzeuge in einem dafür eingerichteten Bereich anhalten und kontrollierte das auf den Versandpapieren angegebene Gewicht sowie die Qualität der Waren. In der Regel ergaben die Laboruntersuchungen keine Unregelmäßigkeiten, sodass eine entsprechende Bescheinigung (*certificat de vérification*) ausgestellt werden konnte. Waren die Voraussetzungen für den Verzehr hingegen nicht erfüllt, sperrte die Dienststelle die Ladungen und stellte eine Bescheinigung über die Nichterfüllung der Anforderungen aus, ein *certificat d'avaries*, mit dem der Importeur gegenüber den Lieferanten oder der Versicherung Schadenersatz geltend machen konnte. Das geschah selten, doch es kam vor – aus Böswilligkeit oder weil die Produkte, vor allem wenn sie aus Asien kamen, einen langen Weg hinter sich hatten, bevor sie Kivu erreichten. Dann unterrichtete die Vollzugsbehörde, das *Commissariat d'Avaries*, die Polizei, das Gesundheits- und das Umweltamt sowie das *Tribunal de Grande Instance* (Oberstes Gericht) und nahm die Vernichtung der beschlagnahmten Güter vor. Die Mitarbeiter mussten die ordnungsgemäße Durchführung anhand von Fotos oder Videoaufnahmen festhalten und den gesamten Vorgang dokumentierten.

Man kann sich vorstellen, dass das Verfahren sehr komplex war, zumal in einem Land, in dem Korruption allgegenwärtig war. Im „Korruptionswahrnehmungsindex" von *Transparency International*[38] belegte der Kongo 2023 den 162. von 180 Plätzen.

Korruption ist ein ernstes Problem für das Land. Auch die Kirche misst dem Thema große Bedeutung bei: „Die Korruption ist keine Handlung, sondern ein Zustand, ein persönlicher und gesellschaftlicher Zustand, in dem jemand sein Leben einrichtet", schrieb der damalige Kardinal Bergoglio.[39] Er verglich sie mehrfach mit einem (selbst gewählten) Gefängnis, da sie jede berufliche und menschliche Beziehung zerstöre. Daher müsse der Kampf gegen die Habsucht, die „Wurzel allen Übels" (1 Tim 6,10), fortgesetzt werden – gegen die Verlockungen der „Diktatur des schnellen Geldes", wie es die kongolesische Bischofskonferenz in einem ihrer Dokumente[40] ausdrückte. Hier klingt an, was in der Gemeinschaft Sant'Egidio als „Diktatur des Materialismus" thematisiert wird.

---

38 www.transparency.org. Siehe auch *Etude pays. République démocratique du Congo*, 2007, ebenfalls von Transparency International, verfügbar im Internet.

39 J. M. Bergoglio, *Korruption und Sünde*, Freiburg i. Br. 2014, S. 65.

40 CENCO-Botschaft zum 49. Jahrestag der nationalen Unabhängigkeit (10. Juli 2009) mit dem Titel *La justice grandit une nation. La restauration de la Nation par la lutte contre la corruption.*

Emmanuel Rutachogora, von 1996 bis 2001 Pfarrer in der Gemeinde Saint-Esprit in Goma, sagt: „Das System ist korrupt, und zwar von oben her. Es besteht aus Leuten, die an Universitäten in aller Welt studiert haben, um zu lernen, wie man ein Land regiert, und die, wenn sie hier in der Regierung sind, nur daran denken, wie sie eine Villa in Goma oder ein Haus in Belgien bekommen können. Und die Menschen, die es sich leisten können, verhalten sich ebenso. Ärzte verlangen von Angehörigen Geld für die Behandlung von Kranken, das Militär treibt seine Ausgaben in die Höhe, um mehr Rückerstattungen zu erhalten. Das ganze System ist verrottet. Man sagt: ‚Die Menschen müssen sich durchschlagen, die Menschen müssen überleben.'"

Floribert war ein gläubiger Mensch. Seine Leidenschaft für Gerechtigkeit und seine Nähe zu den Armen waren bekannt. Geld bedeutete ihm wenig: Er gab es lieber für Straßenkinder aus und bezahlte das Schulgeld für Jonathan. Valentin, der Bruder seines Freundes Dominique, erinnerte sich, dass Floribert sogar die Absicht hatte, eine Anwaltsvereinigung zu gründen, um Bedürftigen kostenlosen Rechtsbeistand zu gewähren. Einige Monate vor seinem Tod schickte er die Hälfte seines Gehalts an Carine, damit sie von Kampala nach Goma zurückkehren konnte.

Ein Freund berichtete: „Normalerweise liebt man Geld, aber er nicht, überhaupt nicht. Floribert verdiente nicht viel[41], ich riet ihm immer, etwas auf die Seite zu legen. Aber er sagte mir, dass er das Geld brauche;

41 Etwa 500 Dollar im Monat.

er gab es hierhin und dorthin, an Verwandte, an Freunde, an die Armen. Was er in dieser Welt hinterließ, war sicher kein Geld. Eher die Bücher – und die vielen Dinge, die er uns erzählt hat." Fiston Sekimonyo, ein langjähriger Freund, erinnert sich, wie Floribert sagte, Geld sei „nichts" und könne die Menschen „lächerlich" machen.

Célestin Sebihogo, von 2001 bis 2006 Pfarrer in Saint-Esprit, stimmt zu: „Ich habe ihn oft getroffen, er war ein religiöser junger Mann, er war fromm ... Er strebte nach Vollkommenheit, er wollte sich richtig fühlen, untadelig sein. Daher auch sein hohes Berufsethos. Aber ich denke, dass sein Widerstand gegen das Böse vor allem das Ergebnis eines pastoralen Ansatzes war, der sich im Laufe der Zeit hier in der Diözese entwickelt hatte. Er entsprang den Impulsen, die der Bischof für die Predigt gegeben hatte, aus dem Insistieren auf bestimmten Themen. Und dann war da natürlich noch etwas anderes in ihm, eine prophetische Vision, würde ich sagen, die von Sant'Egidio kam."

Hinter Floriberts Entscheidungen stand sein Wunsch, Jesus nachzufolgen. Das war sein Rüstzeug, das ihn stark machte – nicht nur gegenüber dem Götzendienst des Geldes, sondern auch angesichts von Bedrohungen. Auf den jungen Juristen traf zu, was im *Brief an Diognet*[42] über die Christen gesagt wird: „Sie gehor-

42 Eine frühe christliche apologetische Schrift aus dem 3. Jh. n. Chr. (Anm. d. Übers.).

chen den bestehenden Gesetzen und überbieten in ihrem Lebenswandel die Gesetze" (5,10).

Auf einem Blatt in der Bibel, die er meistens bei sich trug[43], hatte er die Verse über Johannes den Täufer notiert, die ihn immer begleiteten: „Da fragten ihn die Scharen: Was sollen wir also tun? Er antwortete ihnen: Wer zwei Gewänder hat, gebe eines dem, der keines hat; und wer zu essen hat, handle ebenso! Es kamen auch Zöllner, um sich taufen zu lassen, und fragten ihn: Meister, was sollen wir tun? Er sagte zu ihnen: Verlangt nicht mehr, als festgesetzt ist! Auch Soldaten fragten ihn: Und wir, was sollen wir tun? Und er sprach zu ihnen: Misshandelt niemanden, erpresst niemanden, begnügt euch mit eurem Sold!" (Lk 3,10-14).

Floribert war überzeugt, dass diese Worte des Täufers bestens in den kongolesischen Kontext passten, als kostbare Orientierung auch für sein Leben. Wer im Kongo an der Grenze arbeitet, weiß um die Gefahr, sich nicht mit seinem Lohn zu begnügen: Tag für Tag werden dort Unmengen an Waren und Werten bewegt, und ein Teil der Importeure versucht, jede Kontrolle zu umgehen - und ist bereit, dafür zu zahlen.

Das OCC tat viel, um die Bevölkerung zu schützen. Doch aufgrund unredlicher Gepflogenheiten – „Regelanpassungen", unrechtmäßige Angebote, Druck und Drohungen - entzog sich vieles seinem Einfluss und

43 Manchmal hatte er auch ein kleines Buch mit den Evangelien bei sich: Dieses fand man bei seiner Leiche, in einer seiner Hosentaschen, wie sich Jean-Jacques erinnert.

blieb im Dunstkreis von Bestechung und Einschüchterung. So jedenfalls im Goma des Jahres 2007.

Floribert stellte mit der Zeit fest, dass sein gewissenhaftes, korrektes Verhalten auf den Widerstand der Beteiligten stieß. Es herrschte ein Klima mehr oder weniger offener Ablehnung der vorgeschriebenen Verfahren, wie aus den Protokollen zu den drei von ihm angeordneten Vernichtungen verdorbener Produkte hervorgeht, die er eigenhändig und mit großer Sorgfalt verfasste. Besonders deutlich wird dies beim ersten Fall – einer mit Glasscherben verunreinigten Zuckerlieferung:

„Wir zogen am 1. Juni 2007 los. Wir nahmen den Weg zum Lac Vert. Dort lehnte das Amt für Hygiene die Versenkung der Ware ab, mit der Begründung, die Bevölkerung nutze dieses Wasser. Der zweite Ort, den man uns vorschlug, war Kiguogote. Doch bei unserer Ankunft wurden wir von der Bevölkerung, aufgestachelt durch die Importfirma, umzingelt. Man drohte, die Säcke gewaltsam an sich zu reißen, falls die Vernichtung beginnen sollte. Also brachten wir die 180 Säcke zurück. Am Samstag, dem 2. Juni 2007, begab sich die Kommission zum Standort Nzulo. Ohne die Anwesenheit des Staatsanwalts, der das Militär mobilisierte, wäre es für die Delegation unmöglich gewesen, ihre Arbeit durchzuführen."

Im Juni 2007 traf Floribert seinen Freund John Awazi, den er lange nicht gesehen hatte. Awazi begrüßte ihn herzlich: „Ich weiß, dass du große Arbeit leistest!" – Floribert erwiderte: „Ja, ich bin Dienststellenleiter beim OCC." Darauf Awazi: „Das ist eine heikle Aufgabe, besonders hier. Man muss vorsichtig sein; ich kann mir vorstellen, dass ihr unter großem Druck steht." - Floribert antwortete: „Ja, eine Menge Druck. Aber ich will nicht nachgeben. Wenn ich verdorbene Lebensmittel nicht vernichte, die der Gesundheit so vieler Menschen schaden könnten - wenn ich zuließe, korrumpiert zu werden –, dann wäre das wie ein Verrat an allem, woran ich geglaubt habe: Ich würde mich selbst zerstören. Deshalb mache ich weiter. Ich habe zum Beispiel ganze Lieferungen von schlechtem Reis blockiert. Man darf die Bevölkerung nicht einer solchen Gefahr aussetzen."

Hätte er Geld genommen, so hätte er seine Seele verkauft und sich dem Geld unterworfen. Wofür? Für ein bequemeres Leben? In der Karwoche 2003 hatte er bei der Osterzusammenkunft von Sant'Egidio in Mbare gehört: „Die Liebe zum Geld kann sogar dazu verführen, einen Gerechten wie Jesus zu verraten. Das Verhalten des Judas, der Jesus für Geld verkauft, ist ein Skandal. Aber stellen wir uns die Frage: Ist es in unserer Gesellschaft nicht längst normal geworden, für Geld alles zu tun - zu verraten und zu betrügen?"

Floribert wusste: Er durfte sich nicht kaufen lassen. Er glaubte nicht an die Ausreden, die überall zu hören waren: „Wenn du es nicht tust, wird es jemand anderes tun!", „Glaub nicht, dass gerade du das Land verändern wirst!"

Seine Entscheidung war ernst und radikal. Er sah darin einen Weg, die Realität zu verändern. Für ihn bedeutete Christsein genau das - seit den Tagen, da er sich den Straßenkindern zugewandt hatte. Eine Verwandte, Anita Kato Faida, erzählt, Kollegen hätten den jungen Mann sagen hören, dass schon die Ablehnung einer einzigen Bestechung die Welt verändern könne. Aber konnte ein Nein wirklich eine so eingefahrene Situation erschüttern?

Floribert wusste: Sein Ja hätte den Kongolesen geschadet, ihre Gesundheit bedroht und ihn selbst zum Sklaven des Geldes gemacht. Vielleicht konnte sein Nein vielen helfen, auch denen, die der Illusion des schnellen Geldes erlegen waren und zugleich Gefangene der Angst blieben. Jedenfalls wollte er seinen Glauben nicht verraten. Er wollte frei sein – frei, die Welt zu verändern.

9

„Lebe ich wirklich für Christus?"

Floriberts Nein zur Korruption führte im südlichen Winter 2007 innerhalb weniger Tage zu einer dramatischen Zuspitzung. Alles scheint mit einem Telefonanruf begonnen zu haben. Ein Freund erinnert sich: „Eines Tages war ich bei Floribert – es war ein Wochenende, wahrscheinlich das vom 30. Juni/1. Juli oder das Wochenende davor –, als sein Telefon klingelte. Ich hörte ihn kurz sprechen, und als er auflegte, fragte ich ihn, worum es ging. Er erzählte mir, dass ein Händler aus Gisenyi ihn angerufen und ihm gerade 2.000 Dollar angeboten hatte."

Trésor berichtet: „Sie wollten eine Sendung verdorbener Lebensmittel durchschleusen, ohne dass sie vernichtet wurden. Zuerst hatten sie ihm 2.000 Dollar angeboten. Er hatte abgelehnt. Dann haben sie ihm gedroht. Er ging darauf nicht ein, sondern sagte, er würde niemals Geld annehmen, wenn es um das Leben eines Menschen gehe, denn wer verdorbene Lebensmittel zu sich nehme, könne sterben." Wer diese Leute waren, wissen wir nicht. Wahrscheinlich hing der Bestechungsversuch mit einer von zwei Reislieferungen zusammen - vermutlich mit der zweiten. Darauf deuten jedenfalls die Notizen hin, die nach seinem Tod im Haus gefunden wurden. Am Freitag, dem 29. Juni, und am Mittwoch, dem 4. Juli, waren diese Sendungen unter seiner Aufsicht vernichtet worden: zusammen 815 Säcke. Rechnet man mit 25 Kilo pro Sack, ergibt das mehr als 20 Tonnen - seinerzeit mit einem Marktwert von über 22.000 Dollar.[44]

Die Ermordung des jungen Mannes scheint eine doppelte Botschaft zu enthalten: Vergeltung für seine Ablehnung - und zugleich Einschüchterung, damit niemand seinem Beispiel folgte. Floribert hatte ein „schlechtes Beispiel" gegeben; das sollte sich nicht wiederholen.

Die Woche, die am Montag, dem 2. Juli, begann, wurde für ihn zur Qual. Er sprach auch mit Gisèle darüber. Sie berichtet: „Einige Tage vor seinem Tod, es war ein Mittwoch, erzählte er mir, dass man ihm Geld angeboten habe, damit er verdorbene Lebensmittel durchließ. Er fragte mich, was ich davon hielte. Er sagte, er habe abgelehnt, weil es nicht richtig sei, das Leben der Menschen zu gefährden. Ich bestätigte ihm: Ja, es ist richtig, abzulehnen. Verdorbene Lebensmittel können Ruhr verursachen, und daran können Menschen sterben."

Gisèle fährt fort: „Ich traf ihn zwei Tage später, an einem Freitag, wieder. Er wollte mir etwas für die am nächsten Tag geplante Feier bringen. Am Samstag

44 Offenbar wurde der Reis für 27,5 Dollar pro Sack verkauft.

sollte nämlich meine Abschlussfeier stattfinden, mit dem Hippokratischen Eid[45] und anschließendem Imbiss. Als wir uns sahen, war er jedoch seltsam, ziemlich aufgeregt. So sehr, dass ich am Samstag nach der Feier versuchte, ihn anzurufen. Aber das Telefon klingelte und klingelte, und er ging nicht ran. Er war bereits entführt worden, aber das wusste noch niemand … Kurze Zeit später sprach ich mit Schwester Jeanne-Cécile darüber. Sie erzählte mir, dass Floribert einige Tage zuvor auch sie aufgesucht hatte, um ihr dasselbe zu sagen, was er mir gesagt hatte."

Floribert hatte sich in jenen Tagen auch Schwester Jeanne-Cécile, einer Chirurgin am Hôpital de la Charité, anvertraut. Sie berichtet ausführlich darüber: „Am Montag, dem 2. Juli, kam Floribert zu mir ins Krankenhaus. Er wollte, dass ich zwei kranke Straßenkinder untersuchte. Ich aber war im Operationssaal. Wir hatten mehrere chirurgische Notfälle, und ich war allein … Also konnte ich nicht weg, um mit ihnen zu sprechen. Ich bat darum, ihm auszurichten, er solle die Jungs im Wartezimmer lassen; ich würde sie so bald wie möglich untersuchen. Das hat er getan und ist gegangen."

Sie fährt fort: „Am selben Nachmittag rief er mich auf meinem Handy an. ‚Es ist dringend, es ist wichtig', sagte er. Er müsse unbedingt mit mir sprechen, er bestand darauf: Er sei gerade am Telefon mit Anrufen von unbekannten Nummern bedroht worden. Er teilte mir kurz und bündig mit, dass es um seine Arbeit ge-

45 Gisèle hatte einen Abschluss in Medizin.

he, und stellte mir eine Frage: ‚Ist es für das Leben der Menschen gefährlich, die Vermarktung abgelaufener Lebensmittel zuzulassen?' Ich antwortete ihm: ‚Ja, sehr gefährlich.' Daraufhin bat ich ihn um weitere Erläuterungen. Warum die ganze Dringlichkeit? Er erzählte mir, dass bestimmte Leute versucht hätten, ihn zu bestechen, damit er ihre Waren nicht vernichtete. Sie hätten ihm zuerst 1.000 Dollar, dann bis zu 3.000 Dollar angeboten. Aber er habe abgelehnt: Als Christ könne er nicht zulassen, dass Menschenleben gefährdet würden. Ich sagte ihm, dass er richtig gehandelt habe, weil er sich auf diese Weise nicht zum Komplizen des Bösen gemacht habe."

Einige Aussagen von Floribert, die Jeanne-Cécile zitiert, sind zutiefst bewegend: „Geld wird bald verschwinden. Was aber wird dann aus den Menschen, die diese Produkte verzehren? – Wenn ich es akzeptiere, lebe ich dann in Christus? Lebe ich dann für Christus? Als Christ kann ich nicht zulassen, dass das Leben von Menschen geopfert wird. Es ist besser zu sterben, als dieses Geld anzunehmen."

Sie vereinbarten, sich am Samstag, dem 7. Juli, nachmittags wieder zu treffen, um ausführlicher darüber zu sprechen. „Aber leider konnte ich an diesem Tag nicht vor 15 Uhr frei bekommen, und als ich versuchte, ihn auf seinem Handy zu erreichen, ging er nicht ran, er war bereits entführt worden …"[46].

Jeanne-Cécile, die die Gemeinschaft Sant'Egidio gut kennt, gibt hier ein wertvolles Zeugnis über Flori-

46 Vereidigte Zeugenaussage, März 2015.

berts Drama und die Drohungen, die er erhielt. Sie vermittelt einen Einblick in die Gedanken und Gefühle des jungen Mannes, der eine entscheidende Prüfung durchmachte, seine Leidenswoche. Er war bereit, sein eigenes Leben zu riskieren, indem er nicht nachgab, um „das Leben der Menschen nicht zu gefährden".

Eine weitere Bestätigung dieser entschlossenen Haltung kommt von einem Bekannten, der Floribert am Vorabend der Entführung traf. Während sie zusammen waren, erhielt der OCC-Beamte einen Telefonanruf in einem derart aggressiven und dezidierten Tonfall, dass er scharf und laut reagierte: *„Nyiye amuta nikaza!"* – „Es wird Ihnen nicht gelingen, mich zu zwingen!" Dann legte er auf. Auf den fragenden Blick des Bekannten hin erklärte Floribert, ein Händler dränge ihn, verdorbene Waren über die Grenze zu lassen, doch er habe nicht die Absicht, sich mit ihm zu treffen, auch nicht gegen Geld – denn das hätte bedeutet, die Gesundheit von Menschen zu gefährden.

Floribert stellte sich die entscheidende Frage: „Lebe ich in Christus? Lebe ich für Christus?" – und bekannte: „Es ist besser zu sterben, als dieses Geld anzunehmen", „Ihr werdet mich nicht zwingen können!"[47] Henri Mashagiro kommentiert und erfasst damit den Kern: Es ging Floribert nicht allein um eine Stellung-

47 Zur Einordnung dieser Haltung im Kontext einer Selig- bzw. Heiligsprechung vgl. E. Piacentini, *Il martirio nelle cause dei santi*, Vatikanstadt 1979, S. 77-91.

nahme gegen die Korruption an sich, sondern vor allem um eine Entscheidung für das Leben – für die vielen Leben, die er schützen wollte, selbst auf Kosten des eigenen.

Am Mittwoch, dem 4. Juli, zwei Tage nach dem Telefonat mit Jeanne-Cécile und zwei Tage vor dem aggressiven Anruf von Unbekannten, wohnte Floribert am Nachmittag der dritten und letzten Vernichtung verdorbener Produkte bei: 415 Sack Reis, die für ungenießbar erklärt wurden.

Eine kurze, dunkle Zeit lag vor dem jungen Mann, Stunden der Ungewissheit und Angst: Am Freitag, dem 6. Juli, hatte Gisèle wie erwähnt seine Unruhe bemerkt; am selben Tag hörte ein anderer Freund, wie er mit einem „Soldaten" stritt, und warnte ihn: „Floribert, sei vorsichtig, du weißt, dass dich diese Sache teuer zu stehen kommen kann!" Er wusste es. Er hatte gesagt: „Es ist besser zu sterben, als dieses Geld anzunehmen." Und er war sich bewusst, dass dies keine leere Phrase war, sondern eine reale Möglichkeit.

Floribert kannte den Wert des Lebens und liebte es. Er kannte Wunden, Armut und Leid. Die Nähe zu den Armen hatte ihn geschult und das Leben tiefer verstehen lassen. Mit den anderen hatte er unter dem Kreuz der Armen ausgeharrt und war nicht geflohen, getragen vom Wunsch, eine Antwort voller Mitgefühl und Trost zu geben. Dies hatte ihn verändert. Gerade bei den Osterzusammenkünften von Sant'Egidio hatte er erfasst, was das Motto des „Evangeliums dieser Welt" ist: „Rette dich selbst!" (vgl. Lk 23,35-39). Das ist die vermeintliche Heilsbotschaft, die viele selbst unter dem Kreuz Jesu hinausgeschrien haben, die letzte Versuchung dieser Welt. Doch Floribert floh weder vor seiner Verantwortung, noch war die Rettung seiner selbst seine oberste Priorität: Er riskierte lieber sein eigenes Leben, als die Gesundheit vieler Menschen zu gefährden.

Es waren die Stunden seiner Passion.

10
Stunden des Leidens und der Hingabe

Natürlich hatte Floribert Angst, als sich nach all den Jahren des Einsatzes – für die Armen, in der Gemeinschaft, in der Politik, in seiner Arbeit – abzeichnete, was ihn erwartete. Seine Entscheidung für die Liebe und die Treue beseitigte nicht seine Furcht. Auch in ihm regte sich der Wunsch, der Prüfung zu entgehen, wenn es möglich wäre. Der junge OCC-Offizier suchte nach einem Ausweg, um sich aus der Umklammerung zu befreien, die sich immer enger um ihn zusammenzog.

Das Telefonat mit Schwester Jeanne-Cécile war wie sein persönlicher Garten Getsemani – sein letzter Versuch, dass „diese Stunde", wenn möglich, an ihm vorübergehe und er „den Kelch nicht trinken" müsse (Mk 14,35). Doch ihre Antwort, die er vielleicht so nicht hatte hören wollen, führte ihn zur Hingabe an einen Willen, der größer war als sein eigener. Der junge Mann, der nie nur für sich selbst gelebt hatte, sollte auch nicht nur für sich selbst sterben.

Im Widerstreit mit der verführerischen Macht des Geldes hat er sich nicht besiegen lassen. Er verneigte sich nicht vor dem Götzen des Geldes und brachte ihm kein Opfer dar, auch wenn es der leichtere Weg gewesen wäre, der Weg, der - ohne dass es groß auffiele - fortwährend von so vielen beschritten wird.

Gerade in einer Welt, die an die „frohe Botschaft" des Geldes glaubt und auf seine trügerische Glücksverheißung setzt, vertraute Floribert auf Gott. In aller Schwachheit hielt er stand. Er misstraute dem Götzen, der vergänglich ist wie die Welt selbst (vgl. 1 Kor 7,31). „Das Geld wird bald verschwinden", hatte er zu Schwester Jeanne-Cécile gesagt. Und er lebte in dieser Überzeugung - mitten in einem Umfeld, das vom Wahn des schnellen Gewinns besessen war.

Einige Monate später sagte Papst Benedikt XVI.: „Auf Sand baut derjenige, der nur auf die sichtbaren und greifbaren Dinge baut, auf den Erfolg, die Karriere, das Geld. Scheinbar ist dies die wahre Wirklichkeit. Aber dies alles wird eines Tages vorbei sein. Wir sehen das jetzt beim Zusammenbruch der großen Banken: Diese Gelder verschwinden, sie sind nichts. [...] Wer sein Leben auf diese Wirklichkeiten baut, [...] der baut auf Sand. Nur das Wort Gottes ist das Fundament der gesamten Wirklichkeit, es steht fest wie der Himmel und mehr als der Himmel, es ist die Realität."[48]

Floribert hatte dank seines Glaubens einen klareren Blick als viele andere in der Stadt, die nur damit beschäftigt waren, die Brosamen aufzusammeln, die

48 Ansprache auf der XII. Ordentlichen Generalversammlung der Bischofssynode, I. Generalkongregation, 6. Oktober 2008.

von unzähligen schmutzigen Geschäften abfielen. Und er sah wohl auch klarer als viele geachtete Persönlichkeiten, die längst dem Götzendienst des Geldes verfallen waren. Der Glaube bewahrte ihn davor, sein Herz an Wertloses zu verlieren, „bei falschen Leuten" zu sitzen, bei jenen „Blutmenschen", deren rechte Hand „voll von Bestechung ist" (Ps 26). Doch auch wenn er sich von bestimmten Menschen fernhielt, konnte er nicht verhindern, dass die skrupellosen Leute, von denen der Psalmist spricht, seinen Weg kreuzten. Seine Ablehnung, sein Glaube, setzten ihn der Gewalt der anderen aus.

Das ist das Risiko derer, die sich zu sehr von einer unmenschlichen und verrückten Welt wie im Goma im Jahr 2007 unterscheiden und es wagen, wie Schafe unter Wölfen zu sein (vgl. Lk 10,3) - sanft, rein, lauter, menschlich. Floribert hatte trotz aller Angst mit seinen 26 Jahren bereits eine Kraft entdeckt, die ihn trug.

11

Juli 2007

Der 7. Juli 2007, ein Samstag, war ein ereignisreicher Tag für Floribert. Am frühen Nachmittag stand die Hochzeit eines Cousins an, auf die seine Mutter besonderen Wert legte. Gleichzeitig fiel auf diesen Tag die Abschlussfeier von Gisèle. Floribert hatte sich bereits mit Henri verabredet, nach der Hochzeit gemeinsam zu dieser Feier zu gehen.

Außerdem fand an diesem Tag eine kleine Zeremonie statt: der Beitritt zu Rotaract, der Jugendabteilung des Rotary Clubs, die sich sozialen und kulturellen Projekten widmet. So viele Verpflichtungen auf einmal! Floribert bat Freunde, ihn in die Stadt zu begleiten, wo er eine Krawatte kaufen wollte. Eine kleine, aber bezeichnende Geste: In aller Ernsthaftigkeit und allem Verantwortungsbewusstsein war er aufmerksam für die Details.

Dieser 7. Juli sollte der Tag seiner Entführung werden. Gegen 12:30 Uhr verabschiedeten sich seine Freunde vor dem Rathaus. Floribert betrat ein Bekleidungsgeschäft und kam eine Viertelstunde später mit einer

Krawatte wieder heraus. Dort wartete jemand auf ihn – und zwang ihn in ein Auto, möglicherweise ohne Nummernschild. Die Zeugenaussagen widersprechen sich: Die einen sprechen von einem Taxi, andere von einem Wagen mit getönten Scheiben, wieder andere von einem Fahrzeug der FARDC (*Forces Armées de la République Démocratique du Congo* – Bewaffnete Streitkräfte der Demokratischen Republik Kongo). Sicher ist nur: Floribert war nicht mehr frei.

Unterwegs zu einem unbekannten Ziel begegnete das Auto dem früheren Fahrer des Gouverneurs von Nord-Kivu, Bahati Manegabe. Floribert kannte ihn und versuchte, sich mit Gesten bemerkbar zu machen und um Hilfe zu bitten.

Manegabe war abgesehen von den Entführern der Letzte, der Floribert lebend sah. Er erkannte ihn auf dem Rücksitz, eingeklemmt zwischen zwei Männern. Er verstand den Hilferuf, konnte jedoch nichts tun, außer wenig später Alarm zu schlagen. Es war das letzte Mal, dass sich die Wege von Floribert und Manegabe kreuzten – und womöglich ist auch das tragische Schicksal der beiden miteinander verknüpft: Manegabe wurde am 14. Juli, eine Woche nach Floribert, Opfer eines Entführungsversuchs durch einen selbsternannten Oberst, bei dem er verwundet wurde. Drei Monate später, am 11. oder 13. Oktober[49], wurde er dann in seiner Wohnung bei einem Raubüberfall von einem uniformierten Mann getötet. Manegabe hatte

49 Die in Presse und Internet verfügbaren Quellen stimmen nicht überein.

mehrfach geäußert, dass er wisse, warum man ihn töten wolle.[50] Hatte er die Entführer Floriberts erkannt?

Doch zurück zu Floribert: Schon am frühen Nachmittag des 7. Juli verbreitete sich die Nachricht von seiner Entführung. Seine Eltern versuchten, ihn auf allen Nummern zu erreichen, ebenso Gisèle und Schwester Jeanne-Cécile. Bald wusste es auch sein Freundeskreis. Doch die Nacht senkte sich über Goma, und die Suche musste auf den nächsten Tag verschoben werden.

Am Sonntag, dem 8. Juli, mobilisierten sich seit dem frühen Morgen Verwandte und Freunde in ganz Goma bis hin zur Grenze nach Ruanda. Über Radio Okapi baten sie öffentlich um Hinweise. Am Montagmorgen schlossen sich auch Kollegen aus dem OCC an: Sie meldeten sein Verschwinden bei der Polizei, bezahlten das Benzin für die Suchaktionen und begleiteten die Beamten durch die Stadt.

Gegen Mittag entdeckte schließlich ein Motorradfahrer eher zufällig Floriberts Leichnam. Er lag in einem unbebauten Gelände, einige Hundert Meter vom Hotel Karibu entfernt, in Richtung der Freien Universität der Großen Seen.

---

50 Siehe *Est dela RDC: Le crime banalisé,* S. 22-23: „Bahati Manegabe […] war am 14. Juli 2007 gegen 19:30 Uhr im *Hôpital Général* seiner Entführung entkommen. Damit nicht genug: Diejenigen, die ihn schikanierten, sollten ihren Auftrag noch erfüllen. Manegabe […] wurde drei Monate später, am 13. Oktober 2007, in seinem Haus ermordet. […] In einem Interview mit dem *Pole Institute* hatte Bahati gezeigt, dass er sich der Gefahr bewusst war, die ihm drohte, und den Eindruck erweckt, dass er genau wusste, wer hinter ihm her war. Er hatte sogar versucht, sich an die Justiz zu wenden. Aber sie haben ihn schließlich beseitigt, und seine Mörder sind immer noch frei."

Ein Bekannter, der am Sonntag im Hotel Karibu verdächtige Personen bemerkt hatte, vermutete, dass in diesen Stunden der Ort festgelegt worden war, an dem Floriberts Leiche abgelegt werden sollte. Ein Wachmann einer nahegelegenen Villa berichtete, am Montagmorgen gegen fünf Uhr einen Jeep gesehen zu haben, aus dem jemand ausstieg, der dann an einem sperrigen Gegenstand hantierte und rasch wieder davonfuhr. Am nächsten Tag erkannte er den Grund für diesen Halt – und verließ Goma aus Angst, identifiziert zu werden. Es herrschte ein Klima der Angst und des Terrors.

Bei der Obduktion war auch Schwester Jeanne-Cécile zugegen. Sie sah ihren Freund in einem unvorstellbaren Zustand: „Er war grausam gefoltert worden. Man hatte ihm die Zähne gezogen, an seinen Genitalien und am übrigen Körper waren Spuren von glühendem Eisen." Der junge Mann war erwürgt worden und in der Nacht von Sonntag auf Montag, gegen Morgengrauen, gestorben.

Die Beerdigung fand am folgenden Tag, am 10. Juli, in der Pfarrei statt, die der seligen Marie-Clémentine Anwarite geweiht ist. Pfarrer Adeodatus Muhingi, ein Verwandter Floriberts, zelebrierte die Messe. Viele nahmen daran teil: Verwandte, Freunde, die Gemeinschaft Sant'Egidio, die kleinen Gemeinschaften der Pfarrei, der Chor und zahlreiche Menschen, die von der Nachricht erschüttert waren. Am Ende der Feier verlas Gilbert Kalinda von Sant'Egidio den Brief, den Francesco Tedeschi noch am 9. Juli aus Rom an die Gemeinschaft von Goma geschickt hatte. Danach setzte sich die Prozession zum Friedhof von Kanyamuhanga in Bewegung.

12

Ein Zeugnis bis aufs Blut

Bisher haben wir uns - mit all den Schwierigkeiten, die jede historisch-biografische Rekonstruktion mit sich bringt - auf relativ sicherem Boden bewegt. Wenn es jedoch darum geht, die langen Stunden der Entführung des Zollbeamten zu betrachten, betreten wir unbekanntes Terrain. Weder gibt es Dokumente noch Zeugenaussagen, die den Mord vollständig aufklären könnten, noch lassen sich Ergebnisse polizeilicher oder gerichtlicher Untersuchungen heranziehen. Bei mehreren Straftaten in Goma, vor allem in den Jahren 2006/2007, aber auch davor und danach, wurden nicht einmal Verfahren eingeleitet. Wir sind daher gezwungen, Hypothesen zu wagen und Fragmente zusammenzufügen, um möglichst genau zu erfassen, was vom 7. bis 9. Juli, zwischen Samstagmittag und Montagmorgen, geschah.

Wer hat den Mord angeordnet und ausgeführt? Und welches Motiv lag zugrunde? Zur letzteren Frage gibt es zwei Deutungen. Die eine führt den Mord auf Floriberts Ablehnung eines Bestechungsversuchs zurück. Verschiedene Zeugenaussagen, vor allem die von Schwester Jeanne-Cécile, werden zur Unterstützung dieser Interpretation herangezogen.

Die andere Hypothese vermutet politische Hintergründe. Vor allem tendenziöse Medien haben aus verschiedenen Gründen besonders vehement diese Auffassung vertreten. Auch Verwandte und Bekannte teilten sie. So zum Beispiel Floriberts Vater, der an eine zyklische Wiederholung politisch motivierter Trauerfälle in der Familiengeschichte glaubte, wonach sich das, was dem Großvater widerfahren war, beim Enkel wiederholt habe: „Ich bin überzeugt, dass der Tod meines Sohnes ein politischer Mord war", erklärte er.[51]

Bei den meisten, die den OCC-Beamten gut kannten, wuchs jedoch die Überzeugung, dass die erste Deutung der Wahrheit näherkommt: Das Motiv für den Mord war wohl Floriberts Entscheidung, sich der Korruption zu widersetzen. Unter den Dutzenden von

51 In *Est dela RDC: Le crime banalisé* wird der Vater mit folgenden Worten zitiert: „Gleich nach Abschluss seines Studiums im Jahr 2006 wurde er beim OCC in Kinshasa angestellt. Es war sein erster Job, aber sein Herz schlug für die Politik. Er sagte, er wolle in die Politik gehen, wie sein Großvater, auch wenn es die Politik war, die meinen Vater getötet hatte. [...] Als er sich beworben hatte, um in Goma zu arbeiten, hatte ich mich dagegen ausgesprochen, aber er sagte, er wolle in der Stadt in der Nähe seiner Familie und Freunde sein. Ich sagte ihm, dass mich seine Anwesenheit in Goma wegen seiner politischen Vergangenheit in der RCD beunruhigte, weil alle, die sich in dieser Partei engagiert hatten, unbeliebt waren und sich den Ruandern anglichen. [...] Ich hatte [...] ihn gewarnt. [...] Natürlich reichte ich eine Klage bei der Staatsanwaltschaft in Goma ein. Der Fall wurde von einem Richter verfolgt. Mir wurde gesagt, dass er unter Druck gesetzt werden würde, damit alles in Vergessenheit gerate. Es wurde keine Untersuchung eingeleitet, und die Freunde meines Sohnes wurden nie befragt oder als Zeugen vernommen. Ich hatte mich an die Menschenrechtsabteilung der MONUC gewandt, die versprach, sich einzuschalten, aber ich habe keine Hoffnung, denn ich weiß, was für eine Art von Gerechtigkeit im Kongo herrscht."

Zeugen, die während der diözesanen Phase des Seligsprechungsverfahrens gehört wurden, sah eine klare Mehrheit die Ermordung in einem direkten Zusammenhang mit der Korruption bzw. mit Floriberts entschiedener Haltung.

„Erst mit seinem Tod wurde uns klar, wie sehr sich Floribert von den anderen unterschied", so Trésor. Nicht selten wirft erst der Tod ein helleres Licht auf ein Leben, das im gewohnten Alltag verborgen geblieben wäre. Erst in jenen Julitagen des Jahres 2007 begann man, die menschliche und geistige Tiefe von Floriberts Leben tiefer zu erfassen. Pfarrer Karamba, Dekan von Saint-Esprit, brachte es deutlich zum Ausdruck: „Bwana Chui weigerte sich, Lebensmittel durchzulassen, die so viele Menschen hätten vergiften können. Also organisierten sie diesen Anschlag: erst der Bestechungsversuch, dann der Todesstoß. Er war ein junger Mann, der alles mit Leidenschaft lebte; er zog den Tod vor, um nicht für ein Verbrechen mitverantwortlich zu sein. Deshalb kann er ein Beispiel sein für jene, die sich nicht anstecken lassen wollen. Seine Ermordung hat Schmerz und Bestürzung ausgelöst, die Menschen waren schockiert. Wie viele Messen zu seinem Gedenken sind von uns erbeten worden!"

Auch Bischof Ngabu spricht von Floriberts „Hunger nach Gerechtigkeit": „Er stellte sich die tiefe Frage, was er tun könnte und tun sollte, um Gerechtigkeit zu verwirklichen. Er starb für seine Aufrichtigkeit, für seine berufliche Integrität. In diesem Sinne kann er hier in unserem Land ein Vorbild sein. Leider gibt es im Kongo viel Elend, sodass man am Ende vielem nachgibt, und es ist schwer, sich zu wehren. Man sagt: ‚Das macht sowieso jeder.' Aber in Floribert sehe ich jemanden, der selbst in einer extrem schwierigen Situation seine Freiheit zu bewahren wusste. Auf kraftvolle Weise hat er den christlichen Glauben verwirklicht. Er blieb unbeugsam. Er hat menschliche Stärke bewiesen." Dieser 26-Jährige, am Beginn seines Berufslebens, von zerbrechlicher Statur, lebte und starb mit einer großen inneren Kraft: Sein Martyrium offenbart die besondere „schwache Kraft" der Christen.

Wir werden niemals alles über den „Fall Bwana Chui" erfahren. Doch im Wesentlichen sind wir dem Kern der Wahrheit nahegekommen. Es war ein Tod, der den Herren der Korruption mit ihren Einschüchterungs- und Racheplänen gelegen kam. Sie waren sich ihrer Straffreiheit sicher. Warum hätten sie also kein „Exempel" statuieren sollen? Wer würde nach ein paar Jahren noch an diesen sturen jungen Mann denken?

Doch „kostbar ist in den Augen des HERRN der Tod seiner Frommen" (Ps 116,15). Die Integrität und Stärke des jungen Mannes und die Größe seines Zeugnisses wurden von Papst Franziskus und der Kirche bestätigt: Floribert ist als Märtyrer anerkannt. Heute – das zeigen die Zeugnisse im Seligsprechungsprozess – werden an der Landesgrenze jene, die von Fairness sprechen und gegen Korruption kämpfen, als „Bwana Chui" bezeichnet.

Selbst das verzweigte System der US-Geheimdienste hatte von diesem Tod Notiz genommen. Ein vertrauliches Dokument vom 10. Juli 2007[52], das von *WikiLeaks* veröffentlicht wurde, fasst den Stand der Ermittlungen im Mordfall Bwana Chui zusammen: „Chuis Arbeit im OCC betraf die Überwachung der Qualität importierter Lebensmittel. Ngezayo erklärte, dass es häufig vorkomme, dass Importunternehmen, sowohl kongolesische als auch ausländische, Lebensmittel aufkaufen, die bereits ‚abgelaufen' sind [...], für unbedeutende Summen im Vergleich zu dem, was sie hätten zahlen müssen, wenn das Verfallsdatum noch nicht überschritten wäre. Anschließend verkauften sie diese Ware in Goma weiter. Ngezayo vermutet, dass der Mord an Chui mit seiner Arbeit zusammenhängt. Kurz vor seinem Tod hatte Chui die Vernichtung von 80 Tonnen importiertem Reis angeordnet, den er als ungenießbar eingestuft hatte. Der MONUC-Beamte sagte, es sei noch zu früh für Schlussfolgerungen, räumte aber ein, dass Chui sich im Laufe seiner Arbeit Feinde gemacht habe. [...] Nach Angaben der MONUC war Chui während der Wahlen als RCD-Aktivist tätig gewesen. Allerdings hatte er in letzter Zeit in Kinshasa gelebt und sich nicht besonders politisch engagiert. Während das Motiv seiner Mörder unbekannt bleibt, entbehren Presseberichte, in denen er als ‚ehemaliger kongolesischer Rebellenführer' bezeichnet wird, jeder Grundlage. Tatsächlich war Chui noch keine 30 Jahre alt und nur ein kleiner Politiker in der Provinz." – Hier entsteht der Eindruck, dass der

52 Das Dokument trägt den Code 07KINSHASA782, Betreff: ANOTHER HIGH PROFILE KILLING IN NORTH KIVU.

anonyme Informant der Amerikaner, der versuchte, hinter die Dinge zu blicken, die Fakten besser erfasst hat als andere. Der junge Beamte wurde ermordet, weil er sich einer alltäglichen Praxis verweigerte – und damit das reibungslos funktionierende Getriebe störte, das schnelle und sichere Gewinne versprach. Sein Nein zur Bestechung machte ihn zu mehr als nur einem unbequemen Beamten: Er wurde zum gefährlichen Beispiel gelebter Rechtschaffenheit, zu einer stillen, aber unübersehbaren Herausforderung für die Macht von Geld und Gewalt.

Man spürt, dass mit diesem jungen Mann mehr auf dem Spiel stand: In Floriberts „Fall" lag so viel Gewicht, dass nicht nur das unerbittliche Vorgehen gegen ihn, sondern offenbar auch der Tod von Bahati Manegabe als „notwendig" erschien. Doch damit nicht genug: Auch der Fotograf Patrick Kikuku wurde ermordet – aus Gründen, die offenbar mit der Tötung des OCC-Beamten in Verbindung standen. Kurz gesagt: Der Widerstand gegen die korrupten Machthaber an der Grenze sollte im Keim erstickt werden, und zwar auf grausame Weise.

Kikuku wurde am 9. August 2007, genau einen Monat nach Floriberts Ermordung, getötet – auch er, wie Manegabe, durch Soldatenhand. Wie der *Observatoire de la Liberté de la Presse en Afrique* in einem Kommuniqué[53] anprangerte, „nahmen die Mörder nichts vom Tatort mit, außer seiner professionellen Kamera, und interessierten sich nicht für das Geld oder das Mobil-

53 Eingestellt am 9. August 2010 unter www.societecivile.cd.

telefon, das der Ermordete bei sich hatte [...]. Sie wollten die Kamera mit den kompromittierenden Fotos von der Ermordung eines jungen Beamten des *Office Congolais de Contrôle* namens Bwana Chui in ihre Hände bekommen". Auch eine Studie zur Pressefreiheit in Zentralafrika[54] berichtet: „Ein nicht identifizierter Zeuge des Verbrechens will gehört haben, wie der Mörder den Fotografen aufforderte, die Fotos von der Beerdigung von Floribert Bwana Chui bin Kositi herauszugeben, [...] einem Beamten des *Office Congolais de Contrôle,* dessen Körper am Montag, den 9. Juli 2007, leblos aufgefunden wurde."

Welche Bilder zeigten diese Fotos? War einer der Mörder bei der Beerdigung anwesend? Zu bedenken ist, dass Kikuku ein Pressefotograf mit vielen Kontakten war, der zuvor, im Juni und Juli 2007, gemeinsam mit Floribert die Vernichtung von Lebensmitteln dokumentiert hatte. Möglicherweise wusste er zu viel.

All das erfüllt mit Schaudern. Offenkundig hatten sich mit dem tragischen Geschick des jungen Beamten andere Lebenswege verflochten – und waren daran zerbrochen. Das Schweigen über die Orgie des Blutvergießens sollte gewahrt bleiben. Dies offenbart das Ausmaß dunkler Intrigen und Allianzen, genährt vom Geld und zementiert durch Skrupellosigkeit. Über Floriberts Geschichte sollte Schweigen gebreitet werden, wie über so viele anonyme gewaltsame Tode dieser Erde.

54 *Organisation des medias d'Afrique centrale, Rapport 2007,* verfügbar im Internet.

Wenn der Hauptgrund für die Ermordung Floriberts in seinem Nein zur Korruption lag, dann war dieses Nein eingebettet in einen Rahmen, der nicht nur kommerzieller Natur war. Denn es waren wohl größere Kräfte im Spiel, Mächte, die gewohnt waren, ungestraft zu handeln, und die beschlossen hatten, eine potenziell destabilisierende Situation selbst in die Hand zu nehmen. Diese Kräfte mussten, angesichts der ständigen Präsenz von Soldaten bei jedem der genannten Verbrechen, militärischer oder politischer Art gewesen sein - oder beides zugleich. Gisèle bemerkte dazu: „Wirtschaftliche Interessen, politische Rivalität … - hier im Kongo überschneiden sich diese Sphären oft so weit, dass sie schließlich eins werden."

In einem solchen Kontext, in dem ein Leben nichts wert ist und grausamste Verbrechen in der Gewissheit der Straffreiheit begangen werden, ist es denkbar, dass ein „außer Kontrolle geratenes" Element des politischen oder militärischen Apparats demonstrieren wollte: Hier haben wir das Sagen!

Georges Shanyungu Sadiki und Jean-Marie Vianney Kazunguzibwa Nyenyezi, Professoren am *Institut Supérieur Pédagogique* in Bukavu, leiteten die von der Diözese Goma eingesetzte Kommission, die sich mit dem Leben von Floribert Bwana Chui befasste. Sie berichten, ein Freund des OCC-Beamten habe sich erinnert, dass der junge Mann „telefonische Drohungen von bestimmten Provinzbehörden erhalten hatte, weil er die Passage verdorbener Lebensmittel nicht erlaubt hatte"; schließlich habe man ihm gesagt: „*Utaona!*" - Suaheli für: „Du wirst sehen, was mit dir geschieht!"

Dahinter verbarg sich ein krimineller, schändlicher inoffizieller Pakt, eine heterogene Gruppe mächtiger „Bosse", die alle zivilen und religiösen Gesetze mit Füßen trat, um Einfluss und Reichtum zu sichern. Ein unverhohlen mafiöses Szenario. Organisiertes Verbrechen ist stets darauf bedacht, jede Regung des Widerstands im eigenen Territorium aufzuspüren und zum Schweigen zu bringen - denn es sieht in der moralischen Stärke seiner Gegner die größte Bedrohung für seinen Zugriff auf das kollektive Denken.

In diese Richtung geht die Analyse von Pater Rigobert Minani Bihuzo, einem Jesuiten und profunden Kenner der Region der Großen Seen. Er erklärte gegenüber kirchlichen Beauftragten in Goma, die Informationen über das mögliche Martyrium Floriberts sammelten: Dieser habe durch eine mutige Tat seine Freiheit in einem „blockierten" System einfordern wollen, das kein Aufbegehren des Gewissens duldete. Ein solches Handeln sei nicht allein zivilem oder politischem Engagement zuzuschreiben, sondern gehöre in den Bereich des Glaubens. Die Ermordung des OCC-Beamten ähnele den anderen Verbrechen jener Zeit in Goma, doch in Floriberts Widerstand und Tod liege etwas, das dieses Verbrechen grundlegend von den übrigen unterscheidet.

Für das volle Verständnis seiner Geschichte darf Floriberts Glaube nicht außer Acht gelassen werden. Das junge Mitglied von Sant'Egidio hatte den Mut, sich aus den Fesseln des Götzendienstes am Geld zu befreien, aus dem Mechanismus der Korruption, in dem sich alle – Bestechende wie Bestochene – schuldig machen und am Ende niemand Schuld zu tragen glaubt. Gerade das war nicht hinnehmbar.

Floribert begann seinen Weg, indem er sich den Straßenkindern zuwandte – was klein und unbedeutend erscheinen mag. Aber genau darin lag der Anfang seiner Befreiung aus der Macht der Korruption.

Trésor berichtet: „Einige von denen, die mit ihm zusammenarbeiteten, waren nicht nur bereit, Geld anzunehmen – es war, als fühlten sie es bereits in ihrer Tasche. Aber er war dagegen, er hat alles blockiert. Ich glaube, das hat die Atmosphäre im Büro schwierig gemacht." Deogratias Kositi ergänzte, die „Chefs" hätten den Bestechern gesagt: „Wir wären einverstanden, es ist Floribert, der kompliziert ist. Wenn ihr ihn überzeugen könnt – gut; für uns ist das kein Problem."

Floribert wurde „kompliziert" genannt, weil er sich nicht anpassen wollte. Sein Anderssein erregte Anstoß. Von diesem „Ärgernis" sprach Papst Franziskus in einer Audienz: „Das Wort ‚Ärgernis' ist der Schlüssel, denn schon allein das christliche Zeugnis [...] ist ein Ärgernis für jene, die weltlich denken. Sie erleben es als Zurechtweisung. Wenn die Heiligkeit aufscheint und das Leben der Kinder Gottes sichtbar wird, liegt in jener Schönheit etwas Unbequemes, das zu einer Stellungnahme zwingt: entweder sich hinterfragen zu lassen und sich für das Gute zu öffnen, oder jenes Licht abzulehnen und das Herz zu verhärten, bis hin zu Widerstand und Erbitterung."[55]

55 Generalaudienz vom 29. April 2020.

Genau das geschah im Sommer 2007. Floribert war der lebendige Beweis, dass eine andere Haltung möglich ist – selbst im Kongo, selbst in Goma. Er widerlegte mit seinem Leben die Behauptung, Korruption sei unausweichlich. Pierre Salumu fasst es so: Sein Freund habe „der Welt gezeigt, dass sich alles ändern kann, selbst in unserem Land, in dem die Korruption herrscht; dass auch ein Kongolese imstande ist, Bestechung zurückzuweisen".

Doch gerade deshalb wurde der junge Mann zum Opfer: von Händlern, die ihre Geschäfte bedroht sahen, und von Beamten, die nicht bereit waren, auf ihre „Zulagen" zu verzichten. Abneigung und Hass wuchsen, je öfter er Bestechung ablehnte – erst 1.000 Dollar, dann 2.000, schließlich 3.000. Die Wut entlud sich in der bestialischen Gewalt der Folter – mit Bügeleisen und allem, was den Henkern in die Hände fiel. Aus Abneigung und Hass wurden zuerst Einschüchterung, dann das Todesurteil über einen Menschen, der sich nicht hatte kaufen lassen und niemanden gefährden wollte, sondern bereit war, zu sterben, um im Sinne des Evangeliums zu leben.

Nach seinem Tod wurde versucht, das Bild des jungen Märtyrers zu beschmutzen. Vertuschungen ließen die Ermittlungen im Sande verlaufen. Wenn wir keine Schuldigen benennen können, liegt das vielleicht daran, dass das politisch-kommerzielle und militärische System Beweise verschwinden ließ und Zeugen beseitigte; dass die polizeilichen Ermittlungen behindert wurden oder jemand den Antrag des Generalstaatsanwalts beim Berufungsgericht in Nord-Kivu auf Herausgabe der Telefonaufzeichnungen des jungen OCC-Beamten blockiert hat?[56]

Offenbar gab es Leute, die nicht hinnehmen wollten, dass die religiösen Skrupel eines jungen Beamten ein kriminelles Projekt durchkreuzten, das Macht und Reichtum versprach. In dieser Geschichte entlädt sich eine barbarische Mentalität, die darauf aus ist, den zu vernichten, der konsequent dem Rad in die Speichen greift, jemanden wie Floribert, der sich entschieden hatte, sich nicht zu beugen, während so viele andere sich längst niedergekniet hatten. Im Buch der Weisheit heißt es: „Lasst uns dem Gerechten auflauern! Er ist uns unbequem und steht unserem Tun im Weg. Er wirft uns Vergehen gegen das Gesetz vor und beschuldigt uns des Verrats an unserer Erziehung" (Weish 2,12). Genau das war die Tragödie jener Tage. Floriberts Mitgefühl, sein Engagement, seine Rechtschaffenheit, seine Ideale, sein Glaube – all das wandte sich gegen ihn, weil es anderen im Weg stand. Floribert war in Goma wohlbekannt. Seine Urteilskraft und Unabhängigkeit waren respektiert – und gefürchtet. Ihn auszuschalten erschien den Mächtigen als „keine schlechte Idee", und zwar auf derart grausame Weise, dass sie jedem im Gedächtnis bleiben würde. Wer würde danach noch den Mut haben, Skrupel zuzulassen und sich erhobenen Hauptes dem zu widersetzen, was längst beschlossene Sache war?

56 Siehe den Bericht der *Commission d`enqête historique et archivistique sur la vie de Floribert Bwana Chui.*

13

Schritte zu einem neuen Afrika

Francesco Occhetta SJ schrieb in der Jesuitenzeitschrift *La Civiltà Cattolica*: „Die Geschichte von Floribert Bwana Chui [...] ist die Geschichte eines Mannes, der ermordet wurde, weil er sich nicht der Korruption unterworfen hat. Sie kennenzulernen hilft, die neuen Formen des Märtyrertums zu verstehen: Es ist ein stilles Opfer, fernab der Interessen der Medien, das dennoch das gesellschaftliche und politische Leben jener Staaten erschüttert, in denen die Korruption an der Tagesordnung ist."[57]

Es ist tatsächlich so. Ein Nein wie das des Protagonisten dieses Buches ist in der Demokratischen Republik Kongo weder an der Tagesordnung noch leicht durchzuhalten. In so vielen Teilen der Welt gilt es als normal, sich zu arrangieren und den größtmöglichen Vorteil aus der kleinen Macht zu schlagen, die man hat. Wer möglichst wenig riskieren will, um die oft drängenden eigenen oder familiären Bedürfnisse zu stillen, wer dem Trugbild schneller Bereicherung ver-

57 F. Occhetta, *La corruzione che uccide. La storia di Floribert Bwana Chui*, in: *La Civiltà Cattolica*, 2017 II, S. 76-80.

fällt, der bereitet der Korruption den Weg – wie auf einer Autobahn. Floribert hat die Unmenschlichkeit dieser Praxis enthüllt, die scheinbar unblutig ist, in Wahrheit aber vom Blut der Armen und Rechtschaffenen trieft.

Während seiner ersten apostolischen Reise nach Afrika wurde Papst Franziskus in Nairobi von einem Mädchen gefragt: „Kann man Korruption mit der Begründung rechtfertigen, dass alle korrupt sind? Wie können wir als Christen das Übel der Korruption bekämpfen?" Franziskus antwortete: „Die Korruption ist etwas, das in uns eindringt. Sie ist wie Zucker: süß, angenehm, leicht … Doch am Ende zerstört sie uns. Zu viel Zucker macht uns schließlich krank, und so wird auch ein Land krank. Jedes Mal, wenn wir Bestechungsgeld annehmen und in die Tasche stecken, zerstören wir unser Herz, zerstören unsere Persönlichkeit und zerstören unser Land. Bitte, findet keinen Gefallen an diesem ‚Zucker', der sich Korruption nennt! – ‚Aber, Herr Pfarrer, ich sehe doch, dass alle korrupt sind...' – Wie in allem muss man bei sich selbst beginnen. Wenn du in deinem Herzen, in deinem Leben und in deinem Land keine Korruption haben willst, dann fang bei dir an! Wenn du nicht beginnst, wird auch dein Nachbar nicht beginnen." Dann erzählte der Papst, dass er sich einmal erkundigt hatte, wie die Beerdigung eines Mannes gewesen sei, von dem alle wussten, dass er korrupt war. „Eine Frau mit viel Sinn für Humor antwortete mir: ‚Padre, sie konnten den Sarg nicht schließen, denn er wollte all das Geld mitnehmen, das er gestohlen hatte.' Was du durch Korruption stiehlst, wird hier zurückbleiben, und ein anderer wird es gebrauchen. Aber – und prägen wir uns das ganz tief ein! – es wird auch im Herzen vieler Männer und Frauen zurückbleiben, die durch dein Beispiel der Korruption verletzt worden sind. Es wird zurückbleiben in dem Mangel an Gutem, das du tun konntest und nicht getan hast. Es wird zurückbleiben in den kranken, hungrigen Kindern, denn das Geld, das für sie bestimmt war, hast du durch deine Korruption für dich behalten. Liebe junge Freunde, die Korruption ist kein Weg zum Leben, sie ist ein Weg zum Tod"

Das sagte Papst Franziskus am 27. November 2015. Wenige Jahre zuvor hatte ein junger Kongolese angesichts von Folter und Tod bereits begonnen, Nein zur Korruption zu sagen. „Wenn du nicht anfängst, wird dein Nachbar auch nicht anfangen." Er hatte den „Zucker" des Geldes, der das Herz zerstört und die Seele des Landes vergiftet, nicht angenommen, sondern das Wohl und die Gesundheit des Volkes über sein eigenes Interesse gestellt. Er wählte den Weg des Lebens, nicht den Weg des Todes.

Im Leben eines Beamten, eines Laien, der noch keine dreißig Jahre alt war, wurde aus dem Hören auf das Evangelium und der Liebe zu den Armen eine Entscheidung gegen den Strom, ein Zeugnis der Freiheit und Integrität. Ein Zeugnis, das die Menschen bestärkte, das Vertrauen in eine bessere, weniger vom Geld abhängige, freiere, gerechtere und menschlichere Welt zu wagen. Darin liegt Floriberts Größe – gewiss anders, als er es sich für seine eigene Zukunft vorgestellt hatte, aber sein Zeugnis ist authentisch und wirkt in einer Weise weiter, wie es sich im Juli 2007 niemand hätte ausdenken können.

„Wer […] sich weigert, Bestechung anzunehmen, wer sein Ohr verstopft, um nichts von Bluttaten zu hören, und seine Augen verschließt, um nichts Böses zu sehen, der wird auf Höhen wohnen", sagt der Prophet Jesaja (Jes 33,15f). Frei von der traurigen Logik des Eigennutzes, des *do ut des* – ich gebe, wenn und weil ich etwas dafür bekomme –, hat Floribert auf Menschlichkeit gesetzt und innere Größe bewiesen.

Ein bekanntes Wort von Karol Wojtyła, das er als Erzbischof von Krakau bei der Seligsprechung von Maximilian Kolbe sagte, dem polnischen Franziskaner, der 1941 in Auschwitz ermordet wurde, lautet: „Es starb ein Mensch, doch die Menschheit wurde gerettet."[58] Märtyrer wie er sind ein Beispiel für Menschlichkeit, eine barmherzige Präsenz inmitten inhumaner Verhältnisse.

Floribert hat einer oft kalten, rücksichtslosen Welt, im Afrika der ethnischen Konflikte und eines Marktes ohne Regeln widerstanden. Es war die Revolte eines intakten Gewissens gegen die Diktatur des Materialismus, des schnellen Profits, einer Wirtschaft ohne Gesicht. Kurz: Floribert stellte den Menschen vor das Geld – nicht umgekehrt. Er kämpfte für einen Kongo, für ein Afrika, in dem das Leben, die Arbeit und das Schicksal so vieler Menschen nicht der Gier und dem

58 Karol Wojtyła, *Zeichen des Widerspruchs,* Freiburg i. Br. 1979, S. 65.

Bösen ausgeliefert sind. Und er hat gesiegt, indem er sich weder der Sünde noch dem Geld, noch der Gewalt beugte.

„Haya ndiyo maisha – Das ist Leben", verkündet ein Plakat auf Suaheli in den Straßen einer afrikanischen Metropole, das für eine Zigarettenmarke wirbt und einen zufriedenen Vertreter der neuen städtischen Mittelschicht zeigt. Doch das Leben besteht nicht im Anhäufen von Besitz oder Konsumieren. Auch daran erinnert uns Floribert, dieser Zollbeamte an einer der vielen Grenzen dieser Welt: Leben heißt, sich für andere zu entscheiden und sich für sie hinzugeben. An jeder Grenze.

Pfarrer Emmanuel Rutachogora brachte es auf den Punkt: „Ich war noch nicht geboren, als die selige Anuarite[59] getötet wurde. Es war eine Zeit, in der die Menschen von Gewalt erdrückt wurden und keine Perspektive hatten. Doch eine Ordensfrau wehrte sich und sagte: ‚Nein, ich weigere mich, das zu tun, was ihr von mir verlangt, weil es meinem Leben als Nonne widerspricht.' Das war bedeutsam. Sie wurde zu einem Symbol für das ganze Land. Auch Floribert könnte eine solche Referenzfigur sein. Das Land ist zerrüttet, es ist korrupt. Es braucht eine Geschichte. Es braucht Erinnerung, gemeinsame Zeichen."

Pfarrer Rutachogora verwies auf Europa, wo viele Dörfer und Städte die Erinnerung an Menschen hochhielten, die dort segensreich gewirkt haben: „Hier hat

59 Eine kongolesische Ordensfrau, die 1964 ermordet wurde, weil sie sich der Verheiratung mit einem Colonel widersetzte (Anm. d. Übers.).

Pfarrer X das Krankenhaus Y gebaut, als die Seuche kam." Solche Beispiele brauche es auch in seinem Land; denn sie zeigen „das Gute, die Kraft des Guten. Das Beispiel Floriberts ist wichtig: jemand, der auf das Gute verweist. Denn er sagte Nein zur Korruption im Namen seines Glaubens – unseres Glaubens. Dann können die Menschen sagen: ‚Wenn er widerstanden hat, warum nicht auch wir?'. Das ist Heiligkeit: eine Kraft, die andere inspiriert".

Er fuhr fort: „Jeder hier ist getauft. Aber was dann? Die Herzen sind voller Gier, die Menschen bereit, alles zu tun, um Geld zu verdienen. Wenn wir dieses Land wirklich evangelisieren wollen, müssen wir da ansetzen. Auch anderswo ist das eine Herausforderung, aber hier ist eine tiefe Evangelisierung unerlässlich. Hier klafft eine Lücke zwischen geistlichem und täglichem Leben: Man ist Christ in der Kirche, man geht sonntags zur Messe – aber dann vergisst man, im Alltag Christ zu sein. Floribert hat gerade darunter gelitten: Er wollte diese Kluft überbrücken, diese beiden Welten verbinden. Er hat sein Glaubensbekenntnis nicht in der Kirche verkündet, sondern am Arbeitsplatz gelebt: Er hat seine Überzeugungen, sein Glaubensbekenntnis, aus der Kirche heraus an den Arbeitsplatz gebracht."

Es ist eine anspruchsvolle Herausforderung für die Kirche im Kongo – und weit darüber hinaus. Das Zeugnis von Märtyrern wie Floribert ist ein wichtiger Beitrag dazu. Denn sie sind der Same einer neuen Menschheit. In jeder Epoche zeigt ihr Schicksal, welche spezielle Gestalt das Böse in einem bestimmten

Kontext annimmt. Und da bieten sie eine *exit strategy* an: neue soziale und kulturelle Perspektiven, neue geistige und existenzielle Horizonte. Wie Isidor Bakanja[60], wie Marie-Clémentine Anuarite Nengapeta, wie die Xaverianer-Märtyrer von Süd-Kivu[61], so spricht auch Floribert zum leidenden Herzen des Kongo. Und er weist einen Ausweg.

Märtyrer sind Stolpersteine in einer bestimmten geschichtlichen Phase. Sie zwingen geradezu, die Geschichte neu zu gestalten. Bildlich gesprochen: Ihre Körper, quer über den gewohnten Pfad gelegt, nötigen dazu, einen anderen Weg einzuschlagen. So wie Bakanja, die im Kongo der kolonialen Unterdrückung und Ausbeutung lebte und darauf mit dem Primat des Glaubens und der Vergebung antwortete. Oder wie Anuarite und die Märtyrer von Süd-Kivu, die die Tragödie der Bürgerkriege erlitten: Die eine bekräftigt den Aufruf, dem Gewissen zu folgen und zu beten; die anderen sind ein Vorbild der Hingabe und Treue. Auch Floribert Bwana Chui, der eine neue Ära im Kongo erlebte, geprägt von ethnischen Spaltungen

60 Isidor Bakanja war ein kongolesischer katholischer Maurer, der 1906 aufgrund seines christlichen Glaubens ermordet wurde, weil er sich weigerte, sein Karmeliten-Skapulier wegzuwerfen (Anm. d. Übers.).

61 Pater Luigi Carrara und Pater Giovanni Didonè, die Xaverianerpriester, sowie Br. Vittorio Faccin aus demselben Orden starben zusammen mit Pfarrer Albert Joubert, einem Priester der Diözese Uvira in der Demokratischen Republik Kongo. Obwohl sie vor einer drohenden Rebellengefahr gewarnt wurden, entschieden sich die vier, im Land – damals Zaire – zu bleiben, während es seinen Übergang in die Unabhängigkeit durchlief. Am 28. November 1964 ermordeten Simba-Rebellen die Priester in Baraka und Fizi, zwei Orten im Osten des Landes (Anm. d. Übers.).

und erbittertem Marktdenken, hat ein beispielhaftes Vermächtnis hinterlassen mit seinem Widerstand, seiner Großzügigkeit und Integrität, seinem Glauben – und der Entscheidung, die Menschen zu lieben.

Judith, die mutige Frau aus der gleichnamigen biblischen Erzählung, die den Hochmütigen mit ihrer vermeintlichen Schwäche besiegt hat, singt am Ende: „Wer den Herrn fürchtet, der ist groß für immer" (Jdt 16,16). Floribert besaß ungeachtet seiner Jugend Größe: Er hatte immer Ehrfurcht vor Gott.

14

Floribert, ein Licht der Hoffnung

Sant'Egidio erkannte sogleich die Bedeutung Floriberts. Deshalb wurde beschlossen, seiner in allen Gemeinschaften zu gedenken. Die Schule in Mugunga für die Kinder des nahegelegenen Flüchtlingslagers bei Goma erhielt seinen Namen; ebenso das DREAM-Zentrum[62] für AIDS-Kranke, das vier Jahre nach seinem Tod, am 8. Juli 2011, in Kinshasa im Stadtteil Bibwa eröffnet wurde. Beide Einrichtungen, getragen von der Gemeinschaft, sind Orte der Aufmerksamkeit und Fürsorge für die Schwachen und Bedürftigen, Räume der Unentgeltlichkeit in einem Umfeld, das von einer begrenzten Anzahl kosten-

62 DREAM (ehemals *Drug Resource Enhancement against AIDS and Malnutrition*, jetzt *Disease Relief through Excellent and Advanced Means*), ein von Sant'Egidio ins Leben gerufenes Programm zur Bekämpfung und Behandlung von HIV-Infektionen, das auf die Behandlung anderer Krankheiten in den Gesundheitszentren ausgeweitet wurde, wurde im Februar 2002 in Mosambik ins Leben gerufen und anschließend auf Malawi, Tansania, Kenia, die Republik Guinea, Nigeria, die Demokratische Republik Kongo, Kamerun, die Zentralafrikanische Republik und Eswatini ausgedehnt. DREAM will die AIDS-Epidemie in Afrika umfassend und ohne „Afropessimismus" bekämpfen, indem es das Recht auf Behandlung für alle bekräftigt, Prävention und medikamentöse Behandlung auch südlich der Sahara kombiniert und westliche Diagnosestandards anwendet.

pflichtiger Bildungs- und Gesundheitsdienste geprägt ist. Sowohl die Schule in Mugunga als auch das Zentrum in Bibwa folgen dem Grundsatz der kostenlosen Hilfe und durchbrechen damit die übliche Praxis, nach der alles bezahlt, gekauft und verkauft wird.

Der Weg und die Vision Floriberts sind heute ein wichtiger Bezugspunkt im Bewusstsein der Gemeinschaften von Sant'Egidio weltweit. Sein Andenken ist dabei mehr als eine bewegte Hommage an einen Bruder, der von einem tragischen Schicksal getroffen wurde. Es ist auch nicht bloß die Ehrung eines Verfechters der Menschlichkeit in einer unmenschlichen Welt oder eines integeren Menschen in einer Zeit, die dem Eigennutz verfallen ist. Es ist nicht zuletzt der Blick auf jemanden, der um der Treue zu Jesus willen sein Leben riskierte, damit andere leben könnten. Darin liegt sein Martyrium. Schwester Jeanne-Cécile sagte: „Bwana Chui ist ein Märtyrer, der für seinen Kampf gegen die Korruption gestorben ist."

Seit 2008 wird die Bibel, die der junge Mann zwei Jahre vor seiner Ermordung erworben hatte, in *San Bartolomeo* auf der Tiberinsel aufbewahrt. Diese römische Basilika wurde auf Initiative von Johannes Paul II. zur Gedenkstätte für die „neuen Märtyrer" des 20. und 21. Jahrhunderts. Die Basilika mit dem angeschlossenen Memorial-Museum beherbergt so neben Reliquien und Erinnerungsstücken aus aller Welt auch jenes Buch, in dem Floribert so oft gelesen hatte.[63]

63 Virtuell einzusehen unter www.sanbartolomeo.org/memoriale-dei-nuovi-martiri.

Die große Ikone der neuen Märtyrer, die im hinteren Teil der Basilika über dem Altar thront, war Floribert wohlbekannt: Er besaß eine Kopie, bevor er sie Adèle Kishabaga aus der Gemeinschaft von Goma schenkte. Auf der Rückseite des Bildes, das Adèle bis heute aufbewahrt, hatte Floribert geschrieben: „Adèle, diese Menschen sind für ihren Glauben gestorben. Jedes Mal, wenn du diese Ikone betrachtest, wachse im Glauben und verkünde das Evangelium. Friede des Herzens, Bwana Chui."

Die Erinnerung an Floribert ist nicht nur in Rom lebendig. Alle Gemeinschaften von Sant'Egidio im Kongo – in Goma, Kinshasa, Bukavu, Uvira und anderswo – bewahren zusammen sein Gedächtnis und tragen es weiter. Längst ist Floribert über die Grenzen der Gemeinschaft hinaus bekannt. Auf Internetseiten und in Kommentaren wurde von ihm berichtet, sein Name ist verbunden mit dem Kampf gegen Korruption und Unmenschlichkeit. Seine Geschichte hat vielen Menschen Mut gemacht.

Das Andenken und Beispiel des jungen Laien von Sant'Egidio wurde von Papst Franziskus während seines letzten Besuchs in der Demokratischen Republik Kongo hervorgehoben. Er wählte Floriberts Geschichte, sein „Nein!" als Christ, um in seiner Rede am 2. Februar 2023 im *Stade des Martyrs* in Kinshasa vor Zehntausenden Jugendlichen und Katecheten über den Kampf gegen die Korruption zu sprechen:

„Aber – so frage ich mich – wie besiegt man das Krebsgeschwür der Korruption, das sich scheinbar unaufhaltsam ausbreitet? [...] Seid ihr diejenigen, die die Gesellschaft verwandeln, die das Böse in Gutes verwandeln [...]? Wollt ihr das sein? Wenn ihr es wollt, ist es möglich. Wisst ihr warum? Weil jeder von euch einen Schatz besitzt, den euch niemand stehlen kann. Das sind eure Entscheidungen. Ja, du bist die Entscheidungen, die du triffst, und du kannst dich immer für das Richtige entscheiden. Wir können uns frei entscheiden: Lasst nicht zu, dass euer Leben von der verschmutzten Flut mitgerissen wird, lasst euch nicht wie ein trockener Baumstamm in einem schmutzigen Fluss treiben. Widersetzt euch und gebt niemals den verführerischen, aber vergifteten Verlockungen der Korruption nach.

Ich erinnere mich an das Zeugnis eines jungen Menschen wie ihr: Floribert Bwana Chui. Vor fünfzehn Jahren, gerade einmal sechsundzwanzig Jahre alt, wurde er in Goma getötet, weil er den Transport von verdorbenen Lebensmitteln verhinderte, die der Gesundheit der Menschen geschadet hätten. Er hätte es einfach durchgehen lassen können – niemand hätte es bemerkt – und er hätte daran sogar verdient. Aber als Christ betete er, dachte an die anderen und entschied sich, ehrlich zu sein und Nein zum Schmutz der Korruption zu sagen. So behält man seine Hände rein, während viele Hände, die mit Geld handeln, sich mit Blut beflecken. Wenn dir jemand einen Umschlag hinhält, dir Gefälligkeiten und Reichtum verspricht, dann tappe nicht in die Falle, lass dich nicht täuschen, lass dich nicht vom Sumpf des Bösen verschlingen. Lass dich nicht vom Bösen besiegen, glaube nicht an die dunklen Machenschaften des Geldes, die dich ins Dunkel der Nacht stürzen. Ehrlich zu sein bedeutet, bei Tag zu leuchten, das Licht Gottes zu verbreiten und die Freude der Gerechtigkeit zu leben: Besiege das Böse durch das Gute!"

Dann schloss Franziskus: „Ich möchte euch noch etwas sagen: Lasst euch niemals entmutigen! Jesus glaubt an euch und lässt euch niemals allein. Bewahrt euch die Freude, die ihr heute empfindet, und lasst sie nicht verblassen. Wie Floribert seinen Freunden sagte, als sie niedergeschlagen waren: ‚Nimm das Evangelium und lies es. Es wird dich trösten und dir Freude bereiten.' Überwindet gemeinsam den lähmenden Pessimismus. Die Demokratische Republik Kongo erwartet von euch eine andere Zukunft – denn die Zukunft liegt in euren Händen. Möge euer Land dank euch wieder zu einem geschwisterlichen Garten werden, zum Zentrum des Friedens und der Freiheit Afrikas!"

Was bleibt am Ende der Geschichte von Floribert? Ein Licht des Guten mitten in der Finsternis des Bösen, der Traum von einer anderen Zukunft. Das ist das Wesen der Märtyrer.

In *Gaudete et Exsultate* (Nr. 78f) schreibt Papst Franziskus: „Die Realität zeigt uns, wie leicht es ist, Korruptionsbanden beizutreten oder die tägliche Politik des *do ut des* mitzumachen, wo alles Geschäft ist. Und wie viele Menschen leiden unter Ungerechtigkeit, wie viele müssen ohnmächtig zusehen, wie andere den Kuchen des Lebens unter sich aufteilen. Einige geben auf, für die wahre Gerechtigkeit zu kämpfen, und schlagen sich auf die Seite der Sieger. Doch das hat nichts zu tun mit dem Hunger und Durst nach Gerechtigkeit, den Jesus lobpreist. Diese Gerechtigkeit wird im Leben eines jeden Wirklichkeit, wenn er in seinen Entscheidungen gerecht ist, und sie drückt sich dann in der Suche nach Gerechtigkeit für die Armen und Schwachen aus."

Treffender lässt sich der existenzielle Weg des seligen Floribert Bwana Chui nicht beschreiben, der Horizont, in dem er lebte, das Evangelium, das er in seinem Leben verwirklichte. Floribert war ein „neuer kongolesischer Mensch, fähig, der Diktatur des schnellen Geldes zu widerstehen". Sein Leben ist ein Zeichen der Hoffnung – für den Kongo, für Afrika, für die Welt. Vor allem für junge Menschen.

Anhang

Ansprache
des Heiligen Vaters Leo XIV.
an die Pilger aus der Demokratischen Republik Kongo, die zur Seligsprechung von Floribert Bwana Chui versammelt sind

Sala Clementina
Montag, 16. Juni 2025

Im Namen des Vaters, des Sohnes und des Heiligen Geistes. Friede sei mit euch!

Eminenz, Brüder im Bischofsamt, liebe Brüder und Schwestern!

Ich heiße euch nach der Seligsprechung von Floribert Bwana Chui mit Freude willkommen. Ich grüße die anwesenden Bischöfe, insbesondere diejenigen aus der Demokratischen Republik Kongo, darunter den Bischof von Goma, der Diözese, in der der neue Selige gelebt hat. Ich grüße die Mutter und die Angehörigen des Seligen Floribert sowie die Gemeinschaft Sant'Egidio, der er angehörte. Dieser junge Mann fand am 8. Juli 2007 in Goma den Märtyrertod. Ich erinnere an ihn mit den Worten des geliebten Papstes Franziskus, die er während seiner Apostolischen Reise in den Kongo an die Jugendlichen in Kinshasa richtete: „Ich erinnere mich an das Zeugnis eines jungen Menschen wie ihr es seid, an Floribert Bwana Chui ... als er gerade erst sechsundzwanzig Jahre alt war, wurde er in Goma getötet, weil er den Transport von verdorbenen Lebensmitteln blockierte, die der Gesundheit der Menschen geschadet hätten ... Aber als Christ betete er, dachte an die Anderen und entschied sich dafür, ehrlich zu sein und Nein zum Schmutz der Korruption zu sagen. So behält man seine Hände sauber, während die Hände, die mit Geld handeln, sich mit Blut beflecken ... Ehrlich zu sein bedeutet, bei Tag zu leuchten, das Licht Gottes zu verbreiten und das Glück der Gerechtigkeit zu leben: Besiege das Böse durch das Gute!" (2. Februar 2023).

Woher nahm ein junger Mensch die Kraft, der Korruption zu widerstehen, die in der vorherrschenden Mentalität verwurzelt und zu jeder Gewalt fähig war? Die Entscheidung, saubere Hände zu behalten – er war Zollbeamter –, reifte in einem Bewusstsein, das durch das Gebet, das Hören auf das Wort Gottes und die Gemeinschaft mit den Brüdern und Schwestern geprägt war.

Er lebte die Spiritualität der Gemeinschaft Sant'Egidio, die Papst Franziskus mit drei „P" (*preghiera, poveri, pace*) zusammengefasst hat: Gebet, Arme, Frieden. Die Armen waren von entscheidender Bedeutung in seinem Leben. Der Selige Floribert lebte in enger Verbundenheit mit den Straßenkindern, die durch den Krieg in Goma gestrandet und verwaist waren und verachtet wurden. Er stand ihnen zur Seite mit der Nächstenliebe Christi. Er interessierte sich für sie und kümmerte sich um ihre menschliche und christliche Bildung. Floriberts Stärke wuchs in der Treue zum Gebet und zu den Armen. Ein Freund erinnert sich: „Er war überzeugt, dass wir geboren wurden, um Großes zu tun, um Geschichte zu schreiben, um die Wirklichkeit zu verändern."[64]

Er war ein Mann des Friedens. In einer so leidenden Region wie Kivu, die von Gewalt zerrissen ist, führte er seinen Kampf für den Frieden mit Sanftmut, indem er den Armen diente, Freundschaft pflegte und Begegnung in einer zerrissenen Gesellschaft förderte. Eine Ordensschwester erinnerte sich an seine Worte: „Die Gemeinschaft setzt alle Völker an einen Tisch."

Dieser junge Mann, der sich keineswegs mit dem Bösen abgefunden hatte, hatte einen Traum, der sich aus den Worten des Evangeliums und der Nähe zum Herrn nährte. Viele junge Menschen fühlten sich verlassen und hoffnungslos, aber Floribert hörte auf das Wort Jesu: „Ich werde euch nicht als Waisen zurücklassen, ich komme zu euch" (Joh 14,18). Kein Land ist von Gott verlassen! Er forderte seine Freunde auf, nicht zu resignieren und nicht für sich selbst zu leben. Trotz allem war er von Zuversicht für die Zukunft erfüllt. Er sagte: „Der Herr bereitet eine neue Welt vor, in

---

64 Die Zeugnisse und Worte des Seligen Floribert Bwana Chui sind dem *Positio super Martyrio* entnommen.

der es keinen Krieg mehr geben wird, in der der Hass ausgelöscht sein wird, in der die Gewalt nicht mehr wie ein Dieb in der Nacht zuschlagen wird ... in der die Kinder in Frieden aufwachsen werden. Ja, das ist ein großer Traum. Lasst uns also nicht für das leben, was keinen Wert hat. Lasst uns vielmehr für diesen großen Traum leben!"

Dieser afrikanische Märtyrer zeigt auf einem Kontinent, der reich an jungen Menschen ist, wie diese zu Triebkräften eines „unbewaffneten und entwaffnenden" Friedens werden können. Dieser kongolesische Laie verdeutlicht den wertvollen Beitrag, den Laien und junge Menschen leisten können. Möge auf die Fürsprache der Jungfrau Maria und des Seligen Floribert der ersehnte Frieden in Kivu, im Kongo und in ganz Afrika bald Wirklichkeit werden! Danke.

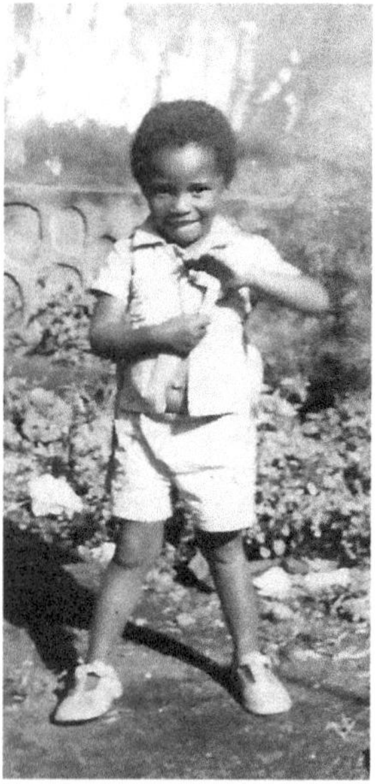

SANT
EGIDIO
BELGIQUE
SOLIDARITE
AVEC GOMA

FACULTE DE DROIT /C.U.G.
« LES ACCORDS RELATIFS AU REGLEMENT
Floribert

Aus dem Programm des Verlags Neue Stadt

Lebenszeugnisse junger Menschen

Sie hat eine Spur von Licht hinterlassen!«, sagten ihre Freunde. Dabei war Chiara Luce Badano (1971–1990) eine erfrischend »normale« Jugendliche. Das Schicksal und der Mut der 2010 seliggesprochenen Italienerin berühren Menschen in aller Welt.

Die Kurzbiografie.
Bereits in der 5. Auflage!
Mit Fotos, 64 Seiten, kartoniert
ISBN 978-3-87996-884-8

Franz Coriasco im Gespräch mit den Eltern: Einblicke aus 1. Hand.
96 Seiten, kartoniert
ISBN 978-3-87996-958-6

Erst 21 Jahre alt, wurde Sophie Scholl als Mitglied der Widerstandsgruppe »Weiße Rose« 1943 hingerichtet. Was bewegte sie? Wie fühlte, wie dachte sie? Woraus schöpfte sie die Kraft, »mit unbeugsamem Geist und liebevollem Herzen« ihren Weg zu suchen und zu gehen? Diese Lebensbeschreibung versetzt in eine heute kaum vorstellbare Zeit.

160 Seiten, gebunden, viele Fotos
ISBN 978-3-87996-987-6

www.neuestadt.com

Aus dem Programm des Verlags Neue Stadt

Glaube, der die Gesellschaft prägt

Zum hochaktuellen Vermächtnis von Papst Franziskus, das sein Nachfolger Papst Leo XIV. weiterführt, gehören seine eindringlichen Schreiben »Laudato si'« und »Fratelli tutti«. Reichlich Gesprächsstoff bieten die hier versammelten zentralen Aussagen:

Ein leidenschaftliches Plädoyer für einen anderen Umgang mit der Schöpfung. Hg. von Matthias Kopp.
112 Seiten, gebunden
ISBN 978-3-7346-1070-7

Eine faszinierende Vision, ein Motivationsschub zum Einsatz für eine humanere Welt. Hg. von Matthias Kopp.
112 Seiten, gebunden
ISBN 978-3-7346-1259-6

»Nähe, Mit-Leid und Zärtlichkeit, das ist der Stil Gottes« (Papst Franziskus).

Was Nächstenliebe heute heißt – im persönlichen Bereich wie in ihrer gesellschaftlichen, ja universalen Dimension. Biblische Schlaglichter, Impulse von Papst Franziskus und Chiara Lubich ermutigen, den Menschen neu in den Mittelpunkt zu stellen.

236 Seiten, kartoniert
ISBN 978-3-7346-1353-1

www.neuestadt.com

Mehr unter: www.neuestadt.com